Kindheitsbilder

Gruppe Literarisches Fragment Frankfurt

Herausgegeben von Vera Pagin

KINDHEITSBILDER

Texte der *Gruppe Literarisches Fragment Frankfurt*

Herausgegeben von Vera Pagin

INHALT

VORBEMERKUNG

"Nur wo du bist sei alles, immer kindlich,/ So bist du alles, bist unüberwindlich." (J. W. Goethe)

Alles poetische Empfinden, alle Kreativität des Menschen wurzelt in seiner Kindheit. In keiner Phase seines späteren Lebens muß er sich so bedingungslos der Herausforderung stellen, die Welt aus sich selbst heraus zu begreifen und zu ordnen wie als Kind. Mit all seinen Sinnen saugt der kleine Mensch auf, was ihn umgibt, er riecht, schmeckt, spürt, hört und sieht, was seine Welt ausmacht: sein Zuhause, Geschwister, Verwandte, Freunde, Mutter, Vater, Großeltern und - als größte poetische Leistung - sein unbekanntes Selbst. Und er tut es genau, er tut es ohne Werturteil, ohne Vorbehalt oder Vorurteil.

Warum hören wir Kindern dann so selten wirklich zu?

Das Erwachsensein gilt uns als Zustand der Reife, und dieser ist unzählige Male gedeutet worden. Zu den heute sicher verbreitetsten Definitionen gehört, daß man die Bilder und Begriffe der Kindheit, die kindlichen Entwürfe einer für den wachen kindlichen Geist sinnvollen, oft magischen Logik überwindet und sie durch eine wertende Weltsicht ersetzt, sich den anerkannten Urteilen und Vorurteilen der Gemeinschaft anschließt. Daß man den genauen, forschenden, unbefangenen Blick aufgibt und nur noch sieht, was man kennt oder wissen will.

"Das Normale ist das gute Lächeln in den Augen eines Kindes - in Ordnung. Es ist aber auch der tote, starre Blick von Millionen von Erwachsenen. Es erhält am Leben und tötet zugleich - wie ein Gott. Es ist das Gewöhnliche, das schön geworden ist; es ist auch das Durchschnittliche, das tödlich geworden ist." (Peter Shaffer)

Die Augenblicke, die in *Kindheitsbilder* eingefangen wurden, laden das Normale im Leben eines Kindes so magisch auf, wie wir es von Dichtern kennen und lieben, bewundern und akzeptieren. Diese kindlichen Blicke fangen ein, was so verdichtet ein Leben lang zaubrisch nachschwingt - aber zuvor die Kinder wahrhaft groß und stark gemacht hat.

Die Geschichte unseres Kindheitsbegriffs ist die Geschichte unserer Auseinandersetzung mit dem leisen Schauder des Unheimlichen, das das poetische Reservoir, das die Kindheit eigentlich ist, in uns auslöst.

Deshalb werden Kinder erzogen, deshalb ermahnt man sie, "keinen Unsinn zu reden", sie sollen uns heimlich werden. Ein Erziehungsprogramm, das wie eine große Dosis Unkrautvernichter an den Wurzeln der Phantasie nagt, die die

Wurzeln all unserer Kunst sind. Und so hören wir den Kindern viel zu selten zu, sie sollen erst berechenbar werden, wir wollen mit ihnen vernünftig reden. Im Gegenzug spricht das wahrhaft vernünftige Kind wenig, setzt sich heimlich ab, verrät nicht, daß es die Welt anders sieht. Deshalb tragen wir alle einen unermeßlichen Schatz von Bildern in uns, die in der Kindheit wach entstanden und ohne Sprache geblieben sind. Es sind die Bausteine unserer Seele.

Wie schade, daß wir als Erwachsene dazu neigen, denselben Schauder des Unheimlichen und Unberechenbaren vor unseren eigenen Bildern zu empfinden wie vor denen der Kinder um uns herum.

"Die Kindheit mißt sich in Geräuschen und Gerüchen/ und in Anblicken, bevor das Dunkel der Vernunft heranwächst." (John Betjeman)

Die Autoren der *Gruppe Literarisches Fragment Frankfurt* haben eine Poetik der eigenen Weltsicht als Kind, der unausradierbaren Bilder des eigenen Seins verfaßt. Sie haben dem Kind, das sie einmal waren, die Stimme wiedergegeben, die damals verloren ging.

"Wer zeigt ein Kind, so wie es steht? Wer stellt/ es ins Gestirn und gibt das Maß des Abstands/ ihm in die Hand?" (Rainer Maria Rilke)

Die hier versammelten Bilder leuchten. Sie sind von solch einer Kraft, daß man unwillkürlich tief durchatmen und rufen möchte: Wo sind sie, diese wunderbaren Kinder?

Es sind keine Texte der Nostalgie, der sentimentalen Distanz, der nachträglich erfundenen Idylle, die Kindheit mit gedankenloser, unreflektierter, eiserner Geborgenheit gleichsetzt. Es sind Texte des Widerstands, der von ureigenen und sehr poetischen Gesten der Versöhnung getragen wird.

Nicht Opfer oder Täter, nicht Wunden und Rechtfertigungen prägen diese Bilder, sondern allein die Souveränität des kindlichen Blicks, der die Überfülle der kindlichen Welt ordnet, ihre Geheimnisse entdeckt, entwirrt, aber niemals bloßstellt, der ihnen gnädig den Schleier des Geheimnisvollen läßt und ihnen den von den Erwachsenen gewünschten Platz im Universum zurückgibt. Nicht die Kindheit ist geheimnisvoll, sondern die Welt der Erwachsenen.

Die *Kindheitsbilder*, die wir alle in uns tragen, sind von derselben Dichte und doch so verschieden wie unsere Seelen. Die Momentaufnahmen, die die Autoren aufgezeichnet haben, sind uns unvermittelt, ganz überraschend nah und doch in dem Augenblick wieder fern, da sie in uns die eigenen Augen-Blicke der Kindheit heraufbeschwören.

Im vorliegenden Band bilden die einzelnen Bilderfolgen einen weiten Bogen, der, und auch das ist Maß und Ziel aller Dichtung, mehr mitteilt als er beschreibt, so viel mehr erzählt, als er sagt.

Innerhalb dieses Bogens sind die Texte *grosso*

modo in Kategorien aufgeteilt, und zum Charme, aber auch zur entwaffnenden Wahrhaftigkeit des kindlichen Blickes gehört, daß die individuellen Bilder eben nicht alle Kategorien füllen oder die einen mehr, die anderen weniger. Das ist die wahre Macht des Kindes, daß keine Macht der Welt ihm vorschreiben kann, was es sich einprägt, was es verdichtet, ordnet und verzaubert, und was nicht.

"Waren wir als Kinder der Erde näher, oder ist das Gras leerer heute?" (Alan Bennett)

Die erste Kategorie umfaßt das Zuhause, eine riesengroße, mächtige Umgebung. Das ist die Welt, die das Kind nicht ändern kann, weshalb es sie sehr wach registriert: Möbel und Geschwister, Haus und Verwandte, Schule und Haustiere, alles fügt sich zum magischen Universum mit nur einer Hauptperson. Oder wie Woody Allen es ausdrückt: *"Ich bin ein Einzelkind. Ich habe eine Schwester."*

"Eure Kinder sind nicht eure Kinder. Es sind die Söhne und Töchter der Sehnsucht des Lebens nach sich selbst ... Sie sollten sich durchaus mühen, wie sie zu sein, doch suchen Sie nie, sie nach Ihrem eigenen Vorbild zu formen." (Kahlil Gibran.)

In die zweite und dritte Kategorie fällt das Erleben von, der direkte Kontakt mit Mutter und Vater. Der genaue Blick des Kindes sieht auch in seiner Abhängigkeit keine übermächtigen Tyrannen, keine unbeholfenen Schmiede krummer Kinderseelen. Gäbe man den Kindern Sprache und Gehör, würde uns Erwachsenen bewußt, zu welch liebevoll-kritischem Blick, welch großzügiger Bestandsaufnahme Kinder fähig sind; und man beginnt zu ahnen, weshalb Kinder zum Schweigen verdonnert werden.

"Der Wert der Ehe besteht nicht darin, daß Erwachsene Kinder zeugen, sondern darin, daß Kinder Erwachsene zeugen." (Peter de Vries)

In der vierten Kategorie begibt sich das Kind in die zweite, ganz andere Welt als die der Eltern, die dennoch ganz die seine sein soll: die der Großeltern. So fern und doch so manches Mal soviel näher und stärker taucht diese Welt hier auf als das abenteuerliche elterliche Zuhause, das so viele Ansprüche stellt, Fragen aufwirft und Schweigegebote wie Geheimnisse beinhaltet.

"Man sollte niemals Kinder haben, nur Enkelkinder." (Gore Vidal)

Mit sicherem Instinkt hält das Kind feine Unterschiede in der Definition der Familie fest, in Gestaltungen von Nähe und Geborgenheit, vor allem aber sieht es hellsichtig die kindliche Abhängigkeit aller voneinander, der Eltern wie der sehr alten Großeltern.

Die letzte Kategorie ist die spannendste, die kreativste: der Selbstentwurf des Kindes ohne Spiegel. Mit Löwenmut, mit Phantasie und findigem Willen schafft es sich einen Platz in der Welt, und das keineswegs unkritisch sich selbst gegenüber, aber voller Lebensfreude im ganz und gar existentialistischen Sinn. Gerade im Rückzug ist es stark, in seiner Neugier bei sich selbst, in seiner Offenheit bewußt souverän. Hier sind die Energie, der Enthusiasmus, die Weltlust, die uns allen so früh und so stark mitgegeben werden, spürbar, die die Voraussetzung all unserer künstlerischen Schaffenskraft sind. Und dennoch: Anais Nin bemerkt ganz richtig: *"Dieser Enthusiasmus, der immer unter Kontrolle bleiben muß, war eine große Last für die Seele eines Kindes . . . ihn zurückzuhalten hieß, ihn zu töten, ihn zu begraben."*

Die Bilderbögen spannen sich nicht chronologisch, unsere Seelen, genau das zeigen die Texte, ähneln mehr Kaleidoskopen als Sedimentablagerungen.

"Allein die Jugend nimmt das aus der Kindheit mit herüber, daß sie guten Gesellen nichts nachträgt, daß eine unbefangene Wohlgewogenheit zwar unangenehm berührt werden kann, aber nicht zu verletzen ist." (J. W. Goethe)

Kindheitsbilder, wie sie hier zu lesen sind, sind so selten wie wunderschön. Ich auch, ich auch, möchte man rufen, die Finger schnippen und auch einmal sagen, wie es war: das Erstaunliche, das Herrliche, das Schreckliche, das Beruhigende, das Spannende, das Logische, das Selbstverständliche, das überhaupt vollkommen Normale einer Kindheit kommt zur Sprache, findet eine Sprache.

Nichts ist für das Kind wirklich überraschend, alles hat seinen Platz, auch im Schmerz, und alles wird bewußt, genau und vielfach besehen gelebt. Diese Kraft der Kinder sollten wir ehren, denn es ist die Kraft, die Energie, die Wurzel all unserer Menschlichkeit.

Die Autoren der *Gruppe Literarisches Fragment Frankfurt* haben ein Fenster geöffnet. Kindheitsbilder machen uns stark, weil sie uns daran erinnern, daß wir einst Könige in unserer Welt waren, weil wir die Macht hatten, sie und uns zu erfinden - immer kritisch, immer nachsichtig, immer liebebedürftig.

Vera Pagin
Frankfurt am Main

Quellen der Zitate in der Reihenfolge: J.W.G.: Trilogie der Leidenschaft; P.S.: Equus, I, xix; J.B.: Summoned by Bells, iv; A.B.: Forty Years On, act I; W.A.: Clown Prince of American Humor; K.G.: Der Prophet; P.d.V.: Tunnel of Love; G.V.: Two Sisters; A.N.: Winter of Artifice; J.W.G.: Dichtung und Wahrheit IV, 18.

CAROLA VOLKMANN-WETZEL

ICH kämpfe mit meinem Bruder um den Ball. Er ist rot mit weißen Punkten, und er gehört mir. Krieg' ihn doch, krieg' ihn doch. Mein Bruder hat die Madonna mit dem feinen, weißen Gesicht, die auf einem Podest an der Wand steht, getroffen. Ohne Kopf liegt sie jetzt am Boden.

ALS ich die Haustür aufschließe, rieche ich es gleich. Ich nehme zwei Stufen auf einmal, komme atemlos an, stürze in mein Zimmer, werfe den Ranzen in die Ecke und reiße die Tür zur Küche auf. Über das brodelnde, zischende Öl steht meine Mutter gebeugt und gibt einen Löffel voll Teig mitten hinein. Hellblauer Rauch kommt aus der Pfanne. Es gibt Kartoffelpuffer.

MEIN Bruder und ich besuchen meine Tante. Schon auf dem Weg dorthin streiten wir. Meine Tante öffnet die Tür. Sie drückt auch mich an sich, obwohl ich nicht ihr Patenkind bin. Ich will auch so eine schöne, große Gothi haben wie mein Bruder. Aber sie gehört ihm. Noch nicht einmal für einen Tag will er sie mir ausleihen. Dann kriegt er auch meinen Nachtisch nicht.

WENN ich allein in der Wohnung bin, gehe ich in das Schlafzimmer meiner Eltern und öffne dort den Schrank meiner Mutter. Ich dränge die Kleider beiseite und zerre ihren dunkelbraunen Wollmantel soweit es geht heraus. Rechts und links unterhalb des Kragens sind zwei Fellherzen aufgenäht. Ganz sacht streichle ich mit meiner Hand über den Pelz und drücke mein Gesicht hinein. Es riecht so gut nach ihr.

ICH habe eiskalte Füße und Hände. Mein Finger ist ganz steif, mit dem ich die Klingel runterdrücke. In der Küche bitzeln mir sofort die Bakken von der Hitze des Ofens. Meine Mutter öffnet die Schnürsenkel meiner Stiefel und zieht mir die angewärmten Pantoffel über. Meine Zehen dehnen sich wohlig.

AUF den Steinen sieht das getrocknete Blut dunkelbraun aus. Hier ist Waldtraud aus dem Nachbarhaus gestern aufgeschlagen, als sie nachts am

Dachkendel versuchte, in ihr Zimmer zu klettern. Sie ist mannstoll, sagt meine Mutter. Ich finde es mutig, so hoch zu klettern.

MEINE Mutter kommt auf den Schulhof, um mir zu sagen, daß ich die Aufnahme-Prüfung ins Gymnasium bestanden habe. In ihrem schwarzen Haar ist ein breiter, silberner Streifen. Sie wird mit meinem Vater abends zum Faschingsball gehen. Ich sage meinen Freundinnen, daß meine Mutter früher einmal Schauspielerin war.

ES ist dunkel. Es ist kalt. Wir langweilen uns. Ich wette, daß ich mich traue, einen Fremden nach der Uhrzeit zu fragen. Der Mann, der aus dem dunklen Park kommt, hat seinen Hut tief ins Gesicht gezogen. Er antwortet mir nicht, als ich frage: "Wissen Sie, wie spät es ist?" Er schiebt mich zur Seite und geht weiter. Mein Bruder sagt: "Bist du blöd, das war doch unser Vater."

ES ist schon dunkel, als wir von unserem Sonntagsspaziergang zurückkommen. Ich gehe neben meinem Vater. Er erzählt mir etwas von

den Sternen über uns. Eifrig antworte ich ihm. Er
weiß noch nicht, daß ich ihm vorher 70 Pfennige
aus seiner Manteltasche gestohlen habe.

ES pocht und sticht in dem Finger, den ich weinend meiner Mutter zeige. Sie kann mir nicht helfen, sagt sie. Ich soll warten, bis abends mein Vater kommt. Er nimmt eine Nadel und sticht in den
Daumen hinein. Als nur noch Blut kommt, sagt er,
daß ich sehr tapfer war. Ich lache, obwohl ich
noch weinen muß.

FÜR eine Arbeit müssen wir Rechenaufgaben ein-
üben. Meine Mutter hat keine Geduld für so etwas, sagt sie. Warte, bis der Vati kommt. Er übt
mit mir, immer und immer wieder. Ich glaube, ich
habe die Aufgabe verstanden. Aber dann wird es
doch nur eine Drei. "Ich habe mir solche Mühe
mit dir gegeben, aber du bist halt leider zu dumm."

ICH bin im Krankenhaus. Gestern hat meine
Freundin mein Zeugnis bei mir zu Hause abgegeben. Mein Vater besucht mich nicht. Er will
mich nicht sehen, weil mein Zeugnis so schlecht

ist. Aber meine Mutter kommt, um mir das zu sagen.

SOBALD ich in die Gasse einbiege, sehe ich am Fenster den kleinen Kopf meiner Großmutter. Ich winke und hüpfe, und sie winkt zurück. Als ich bei ihr bin, greift sie nach ihrem kleinen, schwarzen Geldbeutel. Ihr krummer Zeigefinger wühlt in den Münzen. Drei Zehner sind es diesmal, die ich bekomme.

MEINE Tante, die kleine, bucklige, ist zum Nähen bei uns. Bevor sie geht, gibt es noch Abendessen. Sie erzählt von einem gruseligen Mord an einer jungen Frau in unserem Dorf. Mutter fragt nach meinen Schularbeiten. Aber ich habe schon genug gehört, um mich die ganze Nacht zu graulen.

MEINE Oma aus Limburg kommt zu Besuch. Ich muß mit ihr in einem Bett schlafen. Sie riecht nicht gut, auch nicht, als sie ihr Nachthemd an hat und mit mir zum lieben Herrgottchen betet. Nachts schnarcht sie. Ich steige leise aus dem Bett und krieche zu meinem Bruder.

ICH schlafe in dem Zimmer, in dem meine Großmutter gestorben ist. Meine Tante hat mir gesagt, daß sie nicht in dem Bett gestorben ist, in dem ich jetzt liege. Nachts hörte ich Schritte auf dem Kopfsteinpflaster unter dem Fenster. Jetzt kommt sie und holt mich.

DIE kleine, bucklige Tante ist gestorben. Sie liegt in einem kleinen Raum neben der Friedhofskapelle. Mein Bruder bleibt draußen. Er will die Tante nicht mehr sehen. Ich fürchte mich auch, aber sehen will ich sie trotzdem. Ihre Fingernägel sind so blau und die Hände auch gar nicht richtig gefaltet. Das linke Auge ist nicht ganz geschlossen, ich kann sogar die Pupille sehen. Vielleicht ist sie gar nicht tot.

MEIN Knie blutet sehr stark. Ich bin hingefallen, aber es ist Mittagszeit und meine Mutter schläft. Ich setze mich auf den Rasen und lege Rosenblätter auf die Wunde. Sie soll ganz schnell heilen, damit meine Mutter sie nicht sieht. Sonst schimpft sie mit mir.

IM Treppenhaus meiner Freundin warte ich darauf, daß sie kommt. Es summt in meinen Ohren. Das Haus singt. Der Ton verändert sich nicht, und das ist langweilig. Ich presse beide Hände an die Ohren und lasse dann blitzschnell los. Ton an, Ton aus, Ton an, Ton aus. Da endlich kommt meine Freundin die Treppe 'runtergesprungen.

DER Baum mit den saftigsten Äpfeln steht in einem umzäunten Garten. Wir müssen die Äpfel klauen. Meine Freundin steht Schmiere. Achtung, es kommt jemand. Beim Sprung vom letzten Ast bleibe ich hängen. Ratsch macht es. Der Rock ist zerrissen. Schmatzend essen wir in unserem Versteck die gestohlenen Äpfel. Bis ich nach Hause muß, ist noch viel Zeit.

IM Garten meiner Schulfreundin Petra stehen drei riesengroße Tannen. Ich klettere hinauf, bis die Äste ganz dünn werden. Wenn Wind aufkommt, wiege ich mich mit ihm. Ängstlich ruft Petra: "Du wirst runterfallen." Aber ich bin doch die Windsbraut. Sieht sie das denn nicht?

WENN ich über die Platten hüpfe, darf ich nicht auf die Striche treten. Wenn mir das gelingt, geht ein Wunsch in Erfüllung. Ich wünsche mir, daß es zu Hause Schokoladen-Pudding gibt.

WEIHNACHTEN in der Dorfkirche bei uns. Mein Bruder ist Messdiener. In diesem Jahr darf er das Jesuskind in die Krippe legen. Als er an meiner Bank vorbeigeht, möchte ich ihm am liebsten ein Bein stellen. Ich will auch mal das Jesuskind tragen, aber das dürfen nur die Buben.

BEI einem Sprung auf die Rutsche hat sich mein Bruder im Schwimmbad beide Vorderzähne ausgeschlagen. Er liegt auf einer Trage, sein Mund ist ganz blutig. Die Kinder machen mir Platz, als ich stolz sage: Ich bin die Schwester.

DAS Brot, das ich unter dem Arm trage, ist noch warm. Es duftet mir in die Nase. In das weichere Ende des Laibes bohre ich meinen Zeigefinger und hole große Stücke heraus, die ganz köstlich schmecken. Als meine Hand fast in dem Brotlaib verschwindet, höre ich erschrocken auf.

INGE HOSSE

KALLE sagt, daß sie die Mäuse ausgraben wollen, weil es für jede Maus fünf Pfennig gibt. Und Günther sagt, daß ich mitkommen kann. Sie nehmen die Spaten, und wir gehen auf die abgeernteten Felder, wo man die Mauselöcher gut sehen kann. Viele Nester gibt es, voll mit wolligen, knopfäugigen, kleinen Mäuschen und ihren Müttern, die große Angst haben. Der Eimer wird immer voller, und sie versuchen, an der glatten Eimerwand hinauf zu klettern. Ich will sie zurückhalten, dabei kippt der Eimer um. Die Mäuse sausen erschreckt auseinander, rennen in die Hosenbeine der Jungen und krallen sich in meine Strickjacke. "Wir nehmen dich nicht mehr mit, du bist einfach zu blöd", sagt Kalle.

MUTTER hat Waschtag. Dann gibt es immer Graupensuppe. Meine Schwester mag sie nicht. Ich auch nicht, aber ich esse sie. Lore sitzt davor und kaut an ihren Nägeln. Die Suppe ist schon ganz kalt geworden, sieht aus wie grauer Teig, zieht Fäden und schleimt vom Löffel, rutscht zurück auf den Teller. Vater guckt nur einmal auf. Lore taucht den Löffel wieder in die Suppe und schiebt ihn voll in den Mund. Ihre Backen werden dick, ein bißchen Suppe läuft ihr aus den Mundwinkeln. "Es wird gegessen."

ONKEL Heiner ist noch nicht verheiratet. Wenn ich bei den Großeltern bin, schlafe ich immer bei ihm im Zimmer. Onkel Heiner ist abends immer weg. Manchmal werde ich wach, wenn er nach Hause kommt. Er ist sehr leise und zieht sich im Dunkeln aus. Morgens, wenn ich aufstehe, ist er schon wieder weg.

ONKEL Heiner will mit dem Fahrrad in die Kreisstadt. Ich möchte mit. "Aber nicht auf der Querstange", sagt Großmutter. Sie nimmt ein Sofakissen, zurrt es mit einer großen Kordel auf dem Gepäckträger fest und setzt mich drauf. "Spreiz´ die Beine, damit du nicht in die Speichen kommst", sagt sie noch. Auf dem Waldweg ist es sehr heiß und düster, wegen der Gewitterwolken. Immer wieder setzen sich große Pferdebremsen auf Onkel Heiners Jacke. "Schlag sie doch tot", sagt er. Aber ich schlinge beide Arme um seinen Bauch und drücke mein Gesicht an seinen Rücken, damit ich die Bremsen nicht sehen kann.

SIE ist wieder da, Tante Auguste. Sie kommt oft. Sie trägt immer eine Spitzenbluse und eine goldene Anstecknadel. Und sie geht mit ganz kurzen Trippelschritten und putzt sich nie die Füße ab, wenn sie ins Haus geht. Unter ihrem Platz ist es ganz sandig. Sie hat keine Kinder und mäkelt an uns herum. "Fläzt euch nicht so, sitzt gerade bei Tisch und haltet die Hände neben dem Teller. Deine Kinder sind schlecht erzogen", sagt sie. Mutter wird ganz zappelig. Und dann spüre ich den Schlag im Gesicht und das Brennen auf der Haut.

ROTRAUTS Kleid ist aus Seide, meines ist aus Wolle und kratzt. Rotraut hat ein Badezimmer, Mutter wäscht mich in der Küche. Rotrauts Puppe heißt Käthe Kruse, meinem Hansi fehlt ein Bein. Rotraut muß nie was tun. Ich muß immer helfen. Rotraut hat einen Geradehalter.

SONNTAG nachmittags gehen wir zu den Großeltern. Mutter hat Lore und mich schon vor dem Mittagessen fein angezogen. Einen Trägerrock aus Taft mit vielen Blumen und eine weiße, durchsichtige Organzabluse mit Puffärmeln. Sie bindet uns große Geschirrtücher um, damit wir uns beim

Essen nicht vollkleckern. Nach dem Essen habe ich einen großen Soßenfleck am Puffärmel.

MANCHMAL tun mir nachts die Beine weh, und ich muß weinen. Vater steht dann auf und guckt nach uns, weil Lore auch die Beine weh tun. Wir sind ja Zwillinge. "Das ist das Wachsen", sagt Vater dann und holt die Flasche mit Franzbranntwein. Damit reibt er uns kräftig ein, bis es wieder gut ist.

IM Winter geht Vater am Sonntagnachmittag mit uns ins Kino. Er hält uns an der Hand, Lore rechts und mich links oder umgekehrt. Er setzt sich mit uns dann immer auf die linke Seite, dort, wo die Jungen sitzen. Ich bin aber ein Mädchen und möchte lieber auf der rechten Seite sitzen. Ich bin immer froh, wenn das Licht ausgeht und keiner sieht, daß ich auf der Jungenseite sitzen muß.

"DIE Kartoffeln müssen raus", sagt Vater. Mutter backt einen Zwetschgenkuchen, packt den Korb mit der Dauerwurst und dem frischen Brot und dem heißen Kaffee in der braunen Steinflasche mit

dem Henkel. Vater holt den Wagen mit den Kalt-
blütern und lädt die schweren Kartoffelsäcke auf.
Die Pferde dampfen und stampfen und ziehen den
vollen Wagen. Vater hält die Zügel fest und greift
in die Speichen der Räder. Und ich rufe: "Laß die
Peitsche, Vater, nicht die Peitsche!"

DIE Küche riecht nach Wachs, nach Seife, sauren
Gurken, frischem Kuchen, nach Ziegenmilch. Am
Spülstein steht Großvater und wäscht sich. Blasen
tropfen, Seifenschaum kleckert von seinen Armen,
die Hände sind groß und ganz hart. Und ich sage:
"Großvater, sing doch das Lied vom Räuber-
hauptmann Rinaldo Rinaldini."

DER Nachtvogel schreit.
Großmutters Bett ist so warm,
weich die Hand, die mich zudeckt.

GROSSMUTTER hat im Juli Geburtstag. Es ist
fast immer schönes Wetter und Großmutter backt
leckeren Kuchen. Süßkirschenkuchen gibt es,
Topfkuchen und Schokoladenkuchen mit dickem
Schokoladenguß. "Für diese Jahreszeit viel zu

fett", sagt Mutter. Aber ich mag Schokoladenkuchen. Ich mag alles, was Großmutter backt.

DER Wagen wird hoch mit dem trockenen Heu
beladen, und Großmutter und ich sitzen ganz oben
mittendrin. "Wenn ick juche", sagt sie zu Vater,
"denn holt den Wagen an." Die Pferde ziehen los.
Die Landstraße mit dem Apfelbaum kommt, und
Großmutter ruft: "Juchhu!" Die Pferde bleiben
stehen. Über uns der Apfelbaum mit roten und
gelben Gravensteinern. Großmutter reckt sich
hoch und pflückt die schönsten Äpfel aus der
Krone. Für jeden von uns ein paar. "Darf man
das?" frage ich. "Man darf nicht", sagt sie, "aber
manchmal guckt der Herrgott ein bißchen zur
Seite."

IM Winter ist es ganz still bei den Großeltern. Das
Haus ist mitten im Wald, und nachts hört man nur
das Rauschen der Bäume und manchmal einen
Nachtvogel. In der kleinen Stube glüht der Ofen,
und ich frage Großvater, wie die Russen heißen,
die ihm bei der Waldarbeit helfen müssen. Meine
Kolonne, nennt er das. Sie heißen: Iwan, Gregori,
Michail, Anton, Juri. Es sind Gefangene, sagt er,
aber sie sehen nicht so aus wie auf den Plakaten

vor der Schule oder vor dem Bahnhof. Sie sehen aus wie Vater oder Großvater, nur viel dünner. Manchmal gibt Großmutter etwas zu essen für sie mit und sagt zu Großvater: "Paß auf, daß das Kind das nicht sieht."

DIE Gefangenen wohnen im Haus nebenan. Die Fenster haben dicke Eisenstäbe, und das Tor hat einen großen Eisenriegel. Ich frage Großvater, ob sie am Fuß angekettet sind, wenn sie im Wald arbeiten. Aber er sagt: "Nein, nein, die laufen nicht weg." Abends, wenn die Fenster ein bißchen offenstehen, dort, wo die Russen wohnen, höre ich sie singen. Es klingt wie Gesang in einer Kirche, wie ein Chor, wie das Läuten von Glocken. Dann bekomme ich immer eine Gänsehaut.

DER Vater von Ilse und Hannelore ist seit über einem Jahr vermißt. Jetzt haben sie einen kleinen Bruder bekommen. Günther heißt er. Er liegt im Kinderwagen und sieht aus wie ein Marzipanschweinchen. "Vater wird sich freuen, wenn er nach Hause kommt", sagt Ilse, "er hat sich immer einen Jungen gewünscht." Ich möchte auch einen kleinen Bruder, weil ich mit Lore nicht viel anfangen kann. Großvater sagt: "Ich werde Kopenke anweisen, daß er die Sicherheitsvorschriften bei den Gefangenen besser einhält und das Türschloß überprüft."

WÖR - die Wiese ist gefroren. Kleine Grasbüschel ragen aus dem flachen Eis. Das ist jetzt mein glitzernder Eissee, mit staubzuckerdünnem Schnee überweht. Und ich tanze mit weitem, wehenden Rock und habe meine langen, dicken, blonden Zöpfe aufgemacht. Ich bin die Schneekönigin, die Eisprinzessin und schwinge und gleite und springe hoch - und falle hin. Im Kleid ist ein tiefer Riß, am Schuh fehlt der Absatz. Ich muß nach Hause - nach Hause, jetzt?

ELSE JUNG

ICH habe meine Hand an die Hand meines Vaters gelegt und gesehen, daß sein kleiner Finger noch ein bißchen länger und dicker ist als mein Mittelfinger. Auf dem Küchentisch liegt das Uhrwerk unseres Regulators, das er aus dem Gehäuse genommen hat. Ich schaue zu, wie er mit einem Werkzeug die Zahnräder löst und sie mit seinen großen und starken Händen behutsam auf ein dunkles Tuch legt. Im Licht der Lampe glänzen sie golden. Und jetzt nimmt er ein Zahnrad nach dem anderen, macht es sauber und setzt es wieder an seinen richtigen Platz. Nicht eines läßt er fallen.

GROSSMUTTER sitzt in der Werkstatt und löst die kleinen Nägel, mit denen das Fuchsfell auf ein Brett gespannt ist. Mit einem Kürschnermesser schneidet sie dann vom Kopf ein Stück Fell ab, so daß die häßlichen Augenlöcher verschwinden. Auf dem Tisch liegt die Maske eines Fuchsgesichtes. Darüber zieht sie das angefeuchtete Fell. Sie hat ein Paar Glasaugen in der Hand und guckt, ob die Farbe und die Größe passen. Jetzt hat er Augen und eine nachgemachte Nase. Ganz starr schaut er. Großmutter streichelt ihm sanft über das Fell.

ICH soll endlich meine weißen Söckchen und die Lackschuhe anziehen, und ich soll nicht soviel zappeln wie am letzten Sonntag, sagt meine Mutter. In der Kirche sitzen sechs alte Frauen vor uns auf der Bank. Ich zähle sie aus, ganz leise, "Ene, mene, muh". Da hält mir meine Mutter den Mund zu, ganz fest, daß es weh tut. Der Pfarrer sagt, daß Jesus uns lieb hat. Ich wäre so gern ins Schwimmbad gegangen.

WIR spielen, daß die große Bleichwiese hinter'm Haus das Meer wäre. Meine Schwester holt vier alte Pappkartons, und Stöcke zum Rudern brechen wir von dem alten Birnbaum. Meine besten Freundinnen spielen auch mit. Jetzt dürfen wir nicht mehr im Garten spielen, weil die Wiese kaputt ist, sagt meine Mutter.

WIR spielen so schön zusammen, meine Schwester und ich. Einmal ist sie und einmal bin ich der Pfarrer, der das Abendmahl austeilt. Jetzt ist die Schachtel mit den Oblaten leer. Mutter wollte eigentlich übermorgen anfangen, Weihnachtsplätzchen zu backen.

DORIS QUANZ

AUF dem Dachboden ist es warm. Sie riechen so
gut, die Birkenblätter. Heute muß ich noch Lin-
denblüten dazuschütten und die Birkenblätter um-
drehen. Der ganze Boden liegt voll, man kann
keine Wäsche mehr hinhängen. Aber Heilkräuter
riechen auch viel besser als Wäsche.

SPÄTER will ich Lokführer werden. Auch wenn
das kein Beruf für ein Mädchen ist. Vom Wohn-
zimmerfenster aus kann ich viele Gleise sehen, und
ich kann auch schon zählen. Die Güterwagen, die
hier immer vorbeifahren. Und vorn am Zug ist
immer eine Lok davor, mit der wird dann rangiert.
Ich winke dem Lokführer immer zu. Und einmal
hat er mich im Führerhaus mitgenommen von der
Rampe aus.

DAS Zimmer ist nur für Besuch. Wir dürfen nicht
rein, nur an Weihnachten. Sonst kann man aber
durch das Schlüsselloch hineingucken. Immer
sieht es da aus, als ob Weihnachten wäre, nur ohne Tannenbaum. Durch das Schlüsselloch riecht es

auch. Fast so wie in der Kirche. Wenn ich groß bin, will ich die Bücher lesen, die in dem großen Schrank sind. Wenn Papa mich läßt.

AUA, das hat weh getan. Die Häkelnadel steckt in meinem Arm. Nur, weil ich ein bißchen gepetzt habe.

HEUTE bei der Schafverladung darf Christa einen Schafbock am Strick halten und auf die Rampe bringen. Am Fenster kann ich das gut sehen. Ich renn jetzt da hin. Da unten geht sie, stolz wie Oskar. Aber sie rennt ja, sie schreit, der Bock rennt den Berg hinauf. Christa, laß ihn los, laß ihn los, er ist zu schnell.

WARUM bettelt Marielein eigentlich um meine Bonbons? Da, da hast du eins. Wo ist denn dein Weihnachtsteller? Ach so, du hast deinen wieder versteckt und kannst ihn nicht wiederfinden. Marielein, nicht weinen, wir suchen ihn.

MEISTENS lassen sie mich nicht mitmachen beim BDM. Sie sagen, ich bin noch zu jung. Und dabei kann ich doch alle Lieder singen. Heute wandern sie nach Bad Nenndorf; und ich darf mit. Viele Vögel sind am Himmel. Die Schlüsselblumen riechen so gut. Aber das sind komische Vögel, sie brummen und werden immer lauter. Tack, tack, tack, irgendwas fliegt durch die Luft. Hinlegen, schreit Gisela. Tack, tack, tack, immer lauter, und es knallt. Und dann sind sie weg, die Vögel, die Flugzeuge waren. Ich will nach Hause.

HEUTE hat Jakob wieder ein Netz mitgebracht. Jakob ist unser Holländer, und er kommt jeden Tag mit dem Zug. Er muß hier arbeiten, sagt Mutter. Jakob ist sicher arm. Er sieht so aus, und manchmal kriegt er Brot oder was anderes zum Essen. Dafür bringt er dann ein Netz mit. Und dann lacht er.

GLEICH muß ich nachdenken, weil wir im Bett wieder Namenraten spielen. Oder Städteraten. Namenraten ist nicht so schwer. Aber die Flüsse finden, die durch die Städte fließen, das ist nicht so einfach. Nachher nehme ich die Zeitung und suche was ganz Verrücktes. Damit ich auch mal gewinne. Eine Stadt, vielleicht in Rußland. Aber ob es da eine gibt an einem Fluß?

DA hat die Oma von Ebelings wieder gelogen. Weil ich den Hans ausgefahren habe, habe ich zur Belohnung eine Spitztüte mit echtem Kaffee bekommen. Hat sie gesagt. Die habe ich Mutter gebracht, weil die so gerne Kaffee trinkt und es so wenig Kaffee gibt. Aber sie hat dann gesagt, das wäre nur geröstete Gerste. Aber das wäre auch ganz gut.

TANTE Tinna hat geschrieben. Am Bahnhof kommen wieder Körbe für uns an, und wir holen sie mit dem Bollerwagen ab. Wir haben Glück, daß wir Tante Tinna haben, weil die einen großen Garten hat. Und wenn die Birnen und Äpfel reif sind, schickt sie uns welche. Die Körbe sind oben mit einem Sack zugenäht. Und durch den Sack kann ich riechen, ob die Birnen reif oder faul sind. Klapps Liebling heißen die Birnen, und sie sind auch mein Liebling.

UNTER dem großen Handtuch über meinem

Kopf kann ich fast nicht atmen. Aber das muß so sein, weil ich so erkältet bin, und es unter dem Handtuch nach Kamille duftet. Dampfbad nennt Mutter das. Eigentlich soll das Handtuch ganz dicht sein. Aber ich habe mir eine kleine Lücke gemacht. Weil ich das alte braune Märchenbuch sehen will, aus dem Mutter mir vorliest. Und wenn sie liest und blättert, höre ich ihre Stimme und sehe das Buch. Dann träume ich, ich wäre eine Prinzessin oder könnte mit den Gänsen fliegen.

IMMER, wenn ich gar keinen Groschen mehr habe, frage ich Mutter, ob ich ihr die Beine krabbeln soll. Das hat sie nämlich gerne, und dann sitzt sie auf dem Sofa und ist ganz allein für mich da. Dann schimpft sie nicht und macht die Augen zu, aber sie schläft nicht. Und dann gibt sie mir einen Groschen oder mehr. Dann kann ich wieder Rosenbilder kaufen.

ICH wünsche mir eine rote Mütze zu Weihnachten. Gestern habe ich in der Truhe geschnüffelt und gesehen, daß Mutter eine gestrickt hat. Aber heute am Heiligabend liegt sie nicht auf meinem Platz. Ich bin ganz traurig, denn sicher hat sie die Mütze jemand anderem geschenkt. Eben hat sie mich gefragt, warum ich so still bin und ob ich mich nicht freue. Aber die rote Mütze, habe ich gesagt. Da hat Mutter oh je gerufen und gesagt, daß sie die vergessen hat. Die Mütze hat sogar Ohrenklappen.

AN diesen Schrank darf ich nie. Er ist grau, hängt in der Küche, und Mutter nimmt den Schlüssel immer mit. Es sind Sachen darin, die giftig sind, sagt sie. Aber das stimmt nicht. Neulich haben Christa und ich ihn mit einer Fahrradspeiche geöffnet, und es waren Rosinen drin. Ganz viele Rosinen. Und davon haben wir genascht. Am anderen Tag haben wir das wieder versucht. Aber Mutter hat einen Zettel hineingelegt, daß alle Rosinen gezählt sind. Da hat sie aber viel Arbeit gehabt mit den Rosinen.

VATER steht heute wieder auf dem Bahndamm, aber ich darf nicht rauf, weil es dort so windig ist. Den Wind braucht er, um das Futter für die Kanarienvögel zu reinigen. Der Futtersack steht neben ihm. Er hat eine Schüssel in der Hand und hebt immer die Körner ganz hoch und läßt sie fallen. Und der Wind treibt dann die Strohreste weg. Das sieht lustig aus, als ob es schneit, aber es riecht nach Strohscheune. Und oben auf dem Bahndamm scheint die Sonne noch, und Vater und die Körner leuchten golden.

ICH wollte eigentlich nur nach den roten Äpfeln gucken, aus dem Schlafzimmerfenster. Aber dann habe ich Tante Bögel ganz aufgeregt rufen hören: Dodiken, Dodiken. Da muß doch was los sein. Nein, im Garten ist sie nicht, ich sehe sie auch nicht beim Hühnerstall. Aber unter dem Apfelbaum sehe ich ihn plötzlich. Er ist ganz dünn, hat alte Klamotten an und eine Tasche um. Papa ist wieder da, er ist wieder da, ganz bestimmt. Er steht unter dem Apfelbaum im Hof. Mutter kommt angerannt und glaubt es nicht, und ich bin schon unten. Der Krieg ist wirklich vorbei, jetzt, wo Papa wieder da ist aus der Gefangenschaft.

VATER hat Fische, und die fressen Wasserflöhe. Und weil es die nicht zu kaufen gibt, müssen wir sie in einem Teich fangen. Ich gehe immer mit, weil es dort auch Salamander gibt. Die mit dem roten Bauch. Wir nehmen einen Blecheimer mit und einen zugebundenen Seidenstrumpf von Mutter an einer Drahtschlinge. Dieses Netz ziehe ich dann durch das Wasser, und Vater freut sich, wenn ich dann die Wasserflöhe in dem Wassereimer ausspüle.

MANCHMAL erzählt mir Vater von den Fischen, woher sie kommen. Und wenn wir nach Hause kommen, darf ich auch noch das Wasser aus dem Aquarium herauslassen mit einem Schlauch. Da muß ich das Wasser ansaugen, bis es in meinem Mund ist, und dann muß der Schlauch in eine große Wanne gehalten werden. Das ist, als ob ich für die Fische das Meer ablasse und reinige, damit sie es gut haben.

ICH finde Betteln schlimm, und Papa auch. Aber einmal im Monat muß er mit der Sammelbüchse durch die Stadt laufen und „Spende für den Kampfschatz" rufen. Er ruft das ganz leise. Mich nimmt er immer mit, damit er nicht so allein ist.

ES gibt eine Sache, für die Papa den Rücken ganz krumm macht: das Vögelfüttern. Dann muß er durch einen Vorbau kriechen, damit die Vögel aus der Voliere nicht sofort abhauen, wenn er die Tür aufmacht. Sonst fliegen sie weg nach Kanarien.

EIGENTLICH bin ich abends immer müde. Aber Papa noch nicht, der liest dann. Und jeden Abend ißt er einen Apfel. Ich schlafe auf dem Sofa im Wohnzimmer, und jeden Abend warte ich darauf, daß er seinen Apfel endlich ißt. Denn es knackt immer so in seinem Mund, wenn er den Apfel ißt. Ich mache dann meine Augen zu und rieche den Apfelduft. Und dann schlafe ich ein.

BIS gestern waren sie noch an den Pflanzen, die Blätter, die wir jetzt auffädeln. Christa und ich sitzen auf dem Dachboden und stechen mit dicken Nadeln durch die Blattrippen, ganz unten. Wir haben schon viele Ketten mit Blättern aufgehängt. Es riecht schön nach Sommer hier oben. Papa macht aus den Blättern Pfeifentabak, wenn sie trocken sind.

WENN es Mai wird, dann blühen in Omas Garten die rosa Moosrosen. Und weil Papa im Mai Geburtstag hat, schenkt mir Oma immer einen großen Moosrosenstrauß für Papa. Der duftet so schön nach Seife, sagt Oma. Aber solche Seife habe ich noch nie gerochen, die kaufe ich mir dann, wenn der Krieg vorbei ist.

ICH sitze neben dem Zahnarztstuhl und halte Omas Hand fest, weil sie zittert. Ihre Finger sind dünn, und durch die Haut kann ich die Adern sehen. Das Blut in den Adern sieht ganz blau aus. Morgen muß ich darauf achten, ob es wieder rot aussieht, wenn sie keine Angst hat.

OMA hat ein Klavier aus braunem Holz, und an dem Klavier sind zwei Kerzenleuchter. Wenn ich Oma am Sonntagmorgen besuche, darf ich manchmal auf dem Klavier spielen. Das Allerschönste ist, wenn ich ein Lied hinbekomme mit meinem Zeigefinger. Dazu muß ich aber erst den Klavierschemel hochdrehen, sonst kann ich nicht an die Tasten kommen. Wenn ich mal längere Beine habe, kann ich auch an die Fußpedale, dann klingt es so schön nach. Und vielleicht kann Oma dann auch Kerzen besorgen. Dann ist es so feierlich wie in der Kirche.

MEINE Oma hat eine Kochkiste. Die hat Papa ihr mal gebaut. Ich habe schon öfter mal hineingeschaut. Aber wie sie damit kochen kann, verstehe ich nicht. Jedenfalls ist kein Feuer drin. Oma hat mir erzählt, daß Erbsensuppe auch ohne Feuer weiterkocht. Aber ich habe das noch nie gesehen.

IMMER, wenn in der Zeitung steht, was für Abschnitte an den Lebensmittelkarten jetzt gültig werden, muß ich genau aufpassen. Jeden Tag gehe ich zu meiner Oma und schneide die Abschnitte für sie ab, weil sie nicht mehr sehen kann. Und dann gehe ich mit ihr spazieren, und wir kaufen zusammen das ein, was es auf die Abschnitte gibt.

HEUTE bin ich bei Willem zum Spielen gewesen, und jetzt weiß ich, daß ich groß bin. Ich habe mein Kinn auf den Küchentisch gelegt, ohne mich auf die Zehenspitzen zu stellen. Das habe ich schon lange geübt, aber heute habe ich es geschafft ohne Mogeln.

SAUERKRAUT mag ich gerne. Aber daß es so gut ist, habe ich nicht gewußt. Ich habe mir mit dem glühenden Feuerhaken den Arm verbrannt. Da habe ich geschrieen und geweint, weil es so furchtbar weh getan hat. Aber Tante Bögel hat meinen Arm in Sauerkraut eingepackt und umwickelt. Und jetzt ist der Arm wieder heil. Vom Sauerkraut.

DIE Sonne scheint, und ich gehe ganz langsam den Berg hinauf und kaue. Das war lieb von Tante Bögel. Ich habe gerochen, daß sie Speck gekocht hat. Vor der Küchentür bin ich stehen geblieben, bis sie gekommen ist. Sie hat mir eine Speckschwarte geschenkt, weil ich die so gerne mag. Und jetzt kaue ich und kaue und kaue. Die Sonne scheint ganz warm, wie im Sommer.

TANTE Bögel hat heute so Schmerzen im Bein. Da hole ich für sie das Brot vom Bäcker Übbing. In der Backstube wäre ich gerne den ganzen Tag, es riecht da so gut, Franz Übbing sieht ganz weiß aus von dem vielen Mehl. Aber ich muß jetzt gehen, weil Tante Bögel wartet. Das Brot unter meinem Arm ist noch warm. Es riecht so gut. Da ist ein kleines Stück, das könnte ich doch abbrechen und essen. Lecker ist das. Mein Zeigefinger fühlt, ob noch etwas herausgebrochen werden kann. Langsam gehe ich an den Gärten entlang und zähle die Sonnenblumen. Mein Zeigefinger arbeitet und steckt mir immer wieder Brot in den Mund. Jetzt vor der Haustür merke ich, daß das Brot ausgehöhlt ist. Es ist nur noch die Kruste da. Aber ich bin so schön satt, mir ist egal, was gleich passiert. Vielleicht bekomme ich eine Ohrfeige. Aber ich bin so satt.

WEIL Sonntag ist, darf Willem seinen Stabilbaukasten herausholen, und wir bauen Türme und Brücken. Eigentlich muß ich ja mit Puppen spielen. Aber lieber spiele ich mit Schrauben und Gelenken. Er hat nur so wenig Schrauben, ich muß schnell sein, wenn ich die Brücke fertig kriegen will.

DIE Kirche ist wieder voll heute beim Kindergottesdienst. Aber ich habe noch ein Gesangbuch abbekommen. Die liegen hinten auf der letzten Bank. Zahlen kann ich schon gut, und lesen auch. Jetzt suche ich die Lieder heraus, die wir gleich singen müssen. Da sind die ersten Töne. Und die Punkte auf den Linien im Gesangbuch springen mit der Melodie hinauf und hinunter. Geh aus, mein Herz, und suche Freud. Das ist lustig. Das ist ja gar nicht so schwer, das Notenlesen. Ich passe nicht mehr auf, was der Pastor sagt. Ich lese lieber im Gesangbuch die Melodien.

ES war schön im Kinderheim an der Ostsee. Ich habe dort weißen Käse gegessen, den hatten wir noch nie zu Hause. Aber das Beste: jetzt weiß ich auch, was Bananen sind. Klein, braun und sehr süß. Getrocknete Bananen, hat die Tante im Kin-

derheim sie genannt. Aber Mutter glaubt das
nicht. Sie sagt Johannisbrot dazu.

GERLIND ULBRICH-DÄUPER

IM Treppenhaus poltert es, und Schritte trampeln. Kommt schnell, lauft, rennt doch schneller! Im Keller ist es ruhig, aber mein Herz klopft ganz stark, ich schnappe nach Luft. Es ist fast dunkel um uns herum. Wir finden unseren Platz, sitzen geduckt, sind ganz still. Ich wünschte, ich könnte fliegen.

FURCHTBAR laut fauchend rollt die Lokomotive in den Bahnhof. Sie zischt, spuckt Dampf aus, als die Waggonschlange anhält. Ich warte mit meiner Mutter und vielen fremden Kindern auf den Zug, der uns zur Erholung bringen soll, wie Mutter sagt. Ich umklammere ihre Hand, als Mutter mich zur Reisebegleiterin bringt. Sie drückt mir eine Rolle Drops in die Hand. Dann muß ich weinen und kann Mutter nur noch verschwommen auf dem Bahnsteig sehen.

MEINE Mutter hat immer etwas zu tun. Schwer bepackt kommt sie vom Einkaufen zurück. Sie muß kochen, backen, putzen, aufräumen, waschen. Nur an Feiertagen oder abends, bevor ich schlafen gehe, sitzt sie im Wohnzimmer. Sie schneidert manchmal bis spät in die Nacht hinein. Nur in den Ferien spielt sie mit uns Fangen. Dann flitzt sie hinter uns her.

MEIN Vater weiß sofort, daß der Zahn heraus muß, obwohl er gar nicht locker ist. Er faßt ihn fest an und versucht, ihn zu lockern, verspricht mir eine Belohnung, wenn ich mithelfe, den Zahn zu ziehen. Mal versuchen er, mal ich den Zahn mit festem Griff hin und her zu bewegen. Das Blut tropft mir aus dem Mund. Schweiß steht ihm auf der Stirn, als der Zahn mit einem Ruck herausfällt. Fünfzig Pfennig habe ich dafür bekommen.

MEIN Vater wandert mit uns. Wir pflücken Blumen, schauen sie uns genau an, sprechen über sie, schnuppern an ihnen, Vater nennt ihre Namen. Er holt ein Buch aus seinem Rucksack hervor, legt eine Blüte nach der anderen zum Pressen zwischen die Seiten, wobei er vorsichtig die Blütenblätter auseinanderstreicht. Zu Hause werden wir in einem Nachschlagebuch die Pflanzen, die wir noch nicht kennen, suchen und benennen. In neue Schulhefte, die uns Vater gegeben hat, werden wir dann später die getrockneten Blumen hinein kleben und mit ihrem Namen beschreiben.

IMMER sonntags spielt Vati Klavier. Er sieht ganz ernst aus, und wir dürfen ihn nicht stören. Er spielt Stücke aus dem Notenheft oder auswendig Lieder, die ich kenne. Ich staune, wie leicht und schnell seine breiten Finger über die Tastatur gleiten. Jedes Jahr am ersten Mai werden wir durch das Lied, der Mai ist gekommen, geweckt. Wenn er ein Klavierstück spielt, das ich mir gewünscht habe, stelle ich mir vor, daß ich es selbst spielen kann.

SIE steckt ihre Haare in vielen, kleinen, geflochtenen Zöpfen oben auf ihrem Kopf zusammen. Meistens trägt sie dunkle Kleider mit hellen Blümchen oder weißem Kragen oder Manschetten. Ich husche in ihr Zimmer, als sie zum Fenster hinausschaut, verstecke mich, krieche in ihre Nähe, bevor ich wieder auftauche. Sie erschreckt sich, als ich Omi sage und ist ganz böse, sie sagt, sie hat Herzrasen und Schmerzen.

EINE Liege mit Stuhl, ein halbhohes Schränkchen mit Instrumenten und Kartons darauf, Schreibtisch und Sessel stehen im Raum, alles in Weiß. Ich beiße die Zähne zusammen, weil der Einstich in meinem Zeh so weh tut. Meine Mutter steht neben mir, hält meine Hand. Der Arzt macht etwas mit einem Ding, das aussieht wie ein langer Löffel und redet extra leise. Der Geruch von Medizin steigt in meine Nase. Ich muß gleich brechen. Die Schwester kommt mit einer glänzenden, gebogenen Schale.

GERTRAUDE SCHÖN

ICH will etwas auf meine Schultafel schreiben, aber meine Griffel sind ganz klein geworden. Du mußt sie ins Salatbeet stecken, dann wachsen sie ganz doll, sagt Onkel Fritz.

DIE Flüchtlingstante kennt alle Pilze, Mutti die Himbeeren und Brombeeren und ich die Buchek-kern, obwohl sie nach nichts riechen.

ZUM Nachtisch gibt es an meinem Geburtstag wunderbar riechende Erdbeeren. Ich schaue auf den Teller meines Bruders und sehe vier saftige, dunkelrot glänzende Früchte. Auf meinem Teller liegen drei kleine, graue Beeren. Ich schließe mich drei Stunden lang im Badezimmer ein.

WEISSER, klebriger Brei wird in meinen Teller gegossen. Der Teller geht nicht kaputt, wenn er hinfällt. Die anderen Kinder sagen Danke, wenn sie dran sind. Mein Brei will nicht in meinem

Teller bleiben, mein Teller nicht in meiner Hand.
Undankbares Kind, sagt die Tante von der Schul-
speisung.

DAS Kindererholungsheim ist gut für Kinder, sagt
Mutti. Da gibt es echte Butter und Eier und vielleicht sogar Schokolade. Da kommst du ganz gesund wieder heim. Ich will aber lieber krank bleiben, sage ich.

ICH darf helfen, Omas Grab zu bepflanzen. Ich
gebe Mutti ein gelbes Stiefmütterchen, dann ein
blaues, dann wieder ein gelbes, dann wieder ein
blaues. Ein Stiefmütterchen hat keine Farbe. Das
nehmen wir zum Schluß, sagt Mutti, und paß auf,
daß du nicht aufs Grab trittst.

WER kann denn noch ein Weihnachtsgedicht auf-
sagen, fragt Tante Inge im Kindergarten. Ich,
Tante Inge, sage ich, vom Niggeloos, ich habs
selbst gedichtet. Sie hört nur am Anfang zu,
schüttelt dann ihren Kopf und schickt mich in die
Puppenecke.

JETZT kannst du auch für deine Puppen kochen
und backen und waschen und bügeln und nähen
und einkaufen. Hast du nicht schöne Weihnachts-
geschenke bekommen? Ich hole meinen Schlitten
aus dem Keller und gehe mit meinem Bruder zum
Rodeln.

VON den beigen Kacheln hinter der Küchenspüle
leuchten bunte Prilblumen. Heißes Wasser schießt
in das Spülbecken. In der Küche riecht es nach
Zitronen. Mutti spült klappernd das Geschirr, ich
trockne es sorgfältig ab. Ich träume von einer Ita-
lienreise, allein mit ihr.

HEUTE abend geht Mutti zum Kegeln. Sie lacht
und singt, sie hat ein Gedicht gemacht. Ihr Ke-
gelclub heißt Mecki. Heute abend kann ich nicht
mit ihrem Plüschmecki einschlafen, weil Mutti ihn
mitnimmt.

ICH darf mit dem Dreirad von meinem Bruder
fahren. Ein Hinterrad geht plötzlich ab und rollt
den Berg hinunter. Die Halteklammer ist weg.
Mutti holt das Rad zurück und einen Nagel und

eine Zange und macht das Rad fest. Ihre Finger
bluten.

ICH klettere mit meinem Sonntagskleid über den
Zaun. Der dumme Draht macht es ein bißchen kaputt. Mutti näht den Riß mit einem wunderschönen, langen Haar, und das Kleid ist fast schöner
als vorher.

PAPA ist weit weggefahren. Mutti und ich machen eine lange Reise, um ihn zu sehen. Er hat einen Kratzebart, mit dem er mich kratzt. Dabei
lacht er laut. Ich laufe weg und gucke um die Ek-
ke. Mutti hat das gar nicht gemerkt und merkt
auch nichts vom Kratzen. Ich darf in seinem Bett
einschlafen, aber nicht aufwachen.

GLEICH kommt der Kuckuck raus, siehst du ihn,
fragt mein Vater. Ich sehe ihn wieder nicht, obwohl ich ein Kuckuck, Kuckuck höre. Ja, ja, sage
ich. Wir gehen nach Hause.

EINS von meinen schwarzen Haaren ringelt und kringelt sich im weißen Waschbecken. Ich höre, wie mein Vater sagt, schmutzige Mohrenkinder gehören einmal richtig gewaschen.

MEIN Bruder spielt Fußball. Ich spiele mit. Ich trete fest gegen den Ball. Tor, Tor , rufe ich und pfeife laut. Mädchen, die pfeifen, sind keine, sagt mein Vater.

ALS ich in die Küche hüpfe, streckt mir Oma Bobbelchen ihren linken Arm entgegen. Sie sitzt in ihrem Rollstuhl und lacht. Ihr rechter Arm hängt schlaff herunter. Ich lache mit ihr, höre ihr So, so, so. Ich spreche ihr vor: Heute ist Sonntag.

OMA Bobbelchen muß jeden Tag im Bett bleiben. Gleich kommt der Doktor, sagt Mutti, da wird sie wieder schreien. Aber nicht, wenn ich mit ihr schwere Wörter übe, sage ich.

DEINE neue Puppe kann schlafen und wach sein,

und du kannst ihr Sommerkleidchen und Winterkleidchen und Schühchen und Mützchen anziehen, du kannst sie kämmen, im Puppenwagen fahren und sie kann Mama sagen. Magst du sie leiden? Na ja, sage ich und schneide ihr die langen Zöpfe ab.

EIN Fischschwarm huscht durchs riesige Schwimmbecken. Ich versuche, den Fischen nachzuschwimmen, bin plötzlich mitten im Schwarm, eine bunt bemalte Bonbonbüchse auf den Rücken geschnallt. Mutti hat sie von Onkel Fritz geholt, und ich kann bestimmt nicht damit untergehen.

HANNELORE darf schon Kniestrümpfe anziehen, die Sonne ist heute ganz heiß. Es riecht nach Schwimmbad und Chlor. Mutti sagt, vielleicht morgen. Ich gehe allein in den Keller.

DU bist auf den Strich getreten, ruft meine Freundin. Ich doch nicht, sage ich. Doch, ich hab´s ganz genau gesehen, sagt sie, und du bist aus! Du kannst jetzt alleine hüpfen, sage ich.

EIN Paket aus Amerika! Ich ziehe meine Holzsandalen aus und zwänge meine Füße in die wunderschönen, neuen, schwarzglänzenden Schuhe mit Knöpfen dran. Ich schreie nicht, ich lächle.

BEIM Mensch ärgere dich nicht werde ich dauernd von meinem Bruder rausgeworfen. Dabei lacht er ganz gemein. Ich stoße das Brett mit allen Figuren vom Tisch.

DER Wind pfeift ums Haus und reißt alle Blätter von den Bäumen. Ich gehe mit meinem selbstgebastelten Drachen aufs Feld. Er will aber nicht fliegen und kracht auf den Boden.

KURT BAUMBUSCH

ICH habe acht Wochen lang den Dackel von Frau Schneider Gassi geführt. Sie gibt mir fünf Reichsmark, und ich bin sehr glücklich. Ich renne zur Buchhandlung. Fünf Reichsmark, so viel kostet ein Karl May. Ich kaufe den "Ölprinz" und renne nach Hause, in mein kleines Zimmer. Ich lese und lese. Ich reite mit Winnetou, Old Shatterhand und ihren Freunden über die Prärie.

WO bin ich? Wer ist dieser Mann, und wer sind diese Frauen? Alle tragen weiße Kittel. Der Mann lächelt und sagt, ich bin im Krankenhaus. Man hat mir den Blinddarm rausgenommen. Blinddarm, was ist das? Ich habe Angst. Der Mann sagt, gleich kommt deine Mutter, sie wartet schon draußen. Meine Mutter! Das ist gut!

WEIHNACHTEN. Die Eltern haben meinen Wunsch erfüllt: ein Puppentheater. Vater hat das Theater selbst gebastelt. Es hat sogar elektrische Beleuchtung. Es gibt den Kasper, den Teufel, den Polizisten, den Räuber, die Großmutter und das

Krokodil. Morgen ist die erste Aufführung, ich werde alle meine Freunde einladen. Aber Horst muß mir helfen: Er wird den Kasper übernehmen.

ICH trete in die Kammer, die Mutter hält mich bei der Hand. Großmutter liegt auf ihrem Bett. Ihre Augen sind zu. Auf ihrer Brust liegt ein Kreuz. Ich nehme ihre Hand, sie ist kalt. Draußen fällt Schnee, der ganz grau ist.

GROSSVATER hat einen Bauernhof. Er ist ein großer, starker Mann. Er ist lieb, manchmal aber auch zornig. Ich helfe ihm bei der Arbeit, aber lieber streichele ich die Kühe und füttere die Katze. Ich klettere auf den Heuboden, dort kann man sich gut verstecken. Aber es gibt auch Mäuse. Heute gibt es Brotsuppe mit Milch. Alle essen davon - ohne Teller. Ich muß mich beeilen, sonst ist die Schüssel leer.

ICH gehe zur Schule, aber vorher in die Idsteiner Straße. Dort ist die Radiofabrik. Heute ist Mittwoch, und da stellen sie die Mülltonnen vor die Tür. Verborgene Schätze! In den Tonnen gibt es

Schrauben und Muttern, Drähte und Spiralen,
große und kleine, eckige und runde Teile aus
Metall. Ich packe den Schulranzen voll. Heute
nach der Schule kommt Hubert zu mir. Dann werden wir mit unseren Schätzen basteln.

INGEBORG THOMASS

WIR sitzen im Luftschutzkeller. In der Nähe
schlägt eine Bombe ein. Es rieselt von der Decke.
Ich denke, wenn es nur schon vorüber wäre.

UNSER Nachbarhaus ist ein riesiger Trümmer-
haufen. Ich stehe auf den Trümmern und sammle
Brennholz. Modergeruch kommt mir entgegen.

DIE Amerikaner besetzen das Haus. Die ganze
Familie muß in der Nachbarschaft in einem Zimmer unterkommen.

WIR ziehen zu den Großeltern aufs Land und gehen in die Dorfschule. Ich darf den Kleinsten
Diktate geben.

ES kommen keine Feldpostbriefe. Meine Mutter
macht sich Sorgen. Sie redet mit mir über alles,

ich bin ihr kleiner Kumpel, sagt sie, und lacht
noch.

MEINE Mutter fährt mit mir im offenen Lastwa-
gen zu den Bauern. Es ist so bitterkalt, daß alles,
alles gefroren ist. Wir holen Kartoffeln.

MEIN Vater kommt aus der Gefangenschaft. Unsere Christiane kennt er noch gar nicht. Sie läuft
auf ihn zu und läßt sich auf den Arm nehmen.

AUF einem Handwagen fahren mein Vater und
ich eine Ziege vom Dorf durch die ganze Stadt bis
nach Hause. In der Garage wird ein Ziegenstall
gebaut. Ich lerne melken.

ICH spiele mit meinen Geschwistern in einem
Zimmer im Dachgeschoß. Die Ziehharmonika ist
mit dabei, ich soll ordentlich Krach machen. Unten
wird unser kleines Geschwisterchen geboren.

ES gibt keinen Kinderwagen. Ich fahre Christiane
in meinem Puppenwagen in die Mütterberatung.
Ich darf sie baden und füttern.

IM Sommer arbeite ich mit den Bauern auf dem
Feld. Es gibt Eier und Milch dafür.

DEN Schlüssel zur Kirche muß ich heimlich nehmen. Ich spiele stundenlang auf der Orgel.

BÄRBEL BÄTHGE

UNTER Mittag müssen Kinder sich ruhig verhalten. Ich langweile mich und schleiche in die Küche. Im Ausguß schwimmt der hohe Aluminiumtopf bis zum Henkel im Wasser. Die abgekochte Milch soll darin kalt werden. Ich stippe den Topf an, er schaukelt, und die Haut auf der Milch, Flott, verrutscht, faltet sich, wird ganz gelb. Mit dem kleinen Finger ziehe ich den geknüllten Flott über die Milch und puste. Auf der Oberfläche kräuselt sich ganz dünn neuer Flott. Ich mag Milch nur als Pudding, der hat eine glatte, feste Haut, die nicht schwabbelt.

MORGEN ist Sonntag. Ich weiß es, weil Opa schon alle Wege und den Hof geharkt hat. Ich spiele Ball an der Hauswand. Neben dem Plattenweg sind lauter gerade Rillenmuster. Der Ball rollt darüber. Er macht eine Straße durch die Rillen. Ich suche mir einen Stock, um den Ball zurückzuholen. Es geht nicht. Ich knie mich hin und angele den Ball mit den Händen vom Beet. Jetzt habe ich das Harkenmuster ganz kaputt gemacht. Das gibt Schimpfe. Mit den Fingern mache ich neue Rillen, damit keiner was merkt.

DÄMMRIG ist es im Binderaum. Tannenzweige, Ilexbündel, Drahtrollen, Bast und Kränze überall auf dem Boden und dem Tisch vorm Fenster, der von einer Wand bis zur anderen reicht. Ich sitze auf der Treppe, die zum Heizkessel hinunterführt, pule einen Tannenzapfen aus und höre zu, was Oma Ella und Frau Schrader reden. Ihre Hände bewegen sich schnell, wickeln Draht um die Zweige, bis wieder ein Adventskranz fertig zu Boden fällt. Die Tür zum Gewächshaus ist nur angelehnt. Es riecht nach Erde und Tanne. Opa Rudolf, der auf dem Boden kniet und Alpenveilchen umtopft, ist ganz krumm. Für mich pflanzt er Blumen in extra kleine Töpfe. Er stellt sie auf das unterste Regal. Da kann ich sie allein gießen.

STILL liegt der Bruder.
Todesengel kamen früh
am Junimorgen.

Rosenduft erfüllt das Haus,
die Blüten decken ihn zu.

GERUCH nach Mottenkugeln, Bohnerwachs, Ur-alt-Lavendel. Staub tanzt auf Sonnenstrahlen. Auf gelben Holzköpfen, in Regalen und Vitrinen, überall sind Hüte. Tüllschleier mit Pünktchen, wippende Federschwänze, Vogelnester und Kirschen. Ich probiere. Die Kirschen sind aus Pappe. Ich bohre meine Finger in Samtkragen, streichele Pelzkrawatten und gucke zu, was Mutti macht. Sie dreht sich vorm Spiegel, tupft eine Haarsträhne hinters Ohr. Ein Vorhang aus grauem Tüll zittert vor ihrer Nase. Sie macht die Lippen naß. Dann wirft sie den Kopf nach hinten und schnalzt mit der Zunge.

VATI kommt nach Hause. Es ist warm. Wir stehen im Vorgarten hinter der Hecke. Oma und Opa, Mutti, mein Bruder, meine kleine Schwester und ich. Ein englischer Militärlaster hält vor der Gartentür an. Unter der Plane hinten drauf sind Männer. Sie gucken zu uns herunter. Ein Mann klettert vom Wagen. Er dreht sich um und winkt den anderen Männern, die wieder wegfahren. Eine Hand schiebt mich vor. "Sag deinem Vater guten Tag, gib ihm einen Kuß." Der Mann ist nicht groß, er hat eine Brille auf und ganz wenig Haare. Er breitet die Arme aus und lacht.

TANTENKÜSSE sind feucht. Heute hat Mutti Kränzchen. Die Tanten trinken jetzt Kaffee und reden laut. Sie haben ihre Mäntel in der Garderobe aufgehängt. Einer ist aus rotem Pelz und riecht gut. Ich wickele mich hinein. Es kitzelt. Ich muß niesen.

SCHNEE schmilzt im Kragen. An den Fausthandschuhen hängen Eisklumpen. Meine Finger darin sind steif. Ich schüttele die Handschuhe ab und halte die Hände an den grünen Kachelofen. Die Finger fangen an zu kribbeln. Ich hüpfe von einem Bein aufs andere. Die Schneeballschlacht hat Spaß gemacht. Ich habe gewonnen.

MAIKÄFER brummen
im Karton. Wer tauscht Müller
mit meinem Bäcker?

BUTTERLOCH unter
der Teigzahl. Zuckerkuchen
schmeckt am besten warm.

KARIN GÜNTHER

NOCH tausend Teller abzutrocknen. Draußen wartet Hanne. Ein Teller zerspringt auf dem Steinfußboden. "Mach, daß du fortkommst, du bist selbst zum Abtrocknen zu blöd!" Ich hüpfe die Treppe hinunter, zu Hanne.

IN der Waschküche stinkt es. Aus dem Kessel kommt eine weiße Wolke. Wenn die Zinkwanne nicht mehr gebraucht wird, muß ich mich baden lassen. Am Abfluß sitzen Kröten. Ich nehme eine in die Hand. Sie ist grau und fühlt sich kalt an. Wir schauen uns an. Sie hüpft weg.

"SIE gibt keine Antwort mehr!" höre ich Tante Margot weinen. So schön sieht die alte Frau auf dem Bett aus, ganz ruhig, das weiße Haar lockig gekämmt, und sie lächelt. Ich hab sie fast nie lächeln sehen.

NEULICH hab ich Mama bedrängt, mich mit in

die Sauna zu nehmen. Jetzt sitze ich mit ihr in dem heißen Raum auf einem Handtuch und kriege fast keine Luft. Die Frauen, die noch hier drin sind, sehen glitschig aus und ekelhaft schwabbelig. Mama ist nicht schwabbelig.

OFT erzählt mir Mama, daß Papa auf der Wange einen Leberfleck hatte, ganz genau an der gleichen Stelle wie ich. Ich finde das schön. Ich habe es nie sehen können. Papa ist im Krieg gefallen, als ich nur ein paar Monate alt war.

EIN großer, dünner Mann in Soldaten-Uniform kommt auf mich zu. Ich kenne ihn von den Fotos, die er aus dem Krieg geschickt hat. Er ist also nicht tot. "Papa!" Er schaut mich ganz genau an, hebt mich hoch. Wie eine Feder fühle ich mich; er ist so stark. "Papa komm", rufe ich, "bei uns wohnt jetzt ein fremder Mann. Wir schmeißen ihn raus." Eine Ohrfeige brennt in meinem Gesicht. Ich wache auf. "Träumt das Fräulein wieder mit offenen Augen?" Der fremde Mann ist noch da.

GANZ voll ist der Laden. Oma ist bald dran, und

es stehen schon viele Leute hinter ihr. Zwischen ihr und mir sind ein paar Reihen von Frauen mit Einkaufstaschen. Die Frauen unterhalten sich. Ich rufe laut: "Oma, ein Negerkuß!" Oma reagiert nicht. "Oma, bitte, bitte, ein Negerkuß!" Zwischen den vielen Frauen schießt eine Hand hervor, die klatschend auf meinem Mund landet. "Du weißt genau, daß du nicht betteln sollst!"

"HALTE das Huhn gut fest!" schreit der Großvater. Das Beil saust nieder, der Hühnerkopf klatscht auf die Erde. Der Körper versucht zu flattern, und ich kann ihn nicht halten. Das Huhn macht ein paar Flügelschläge durch die Luft und plumpst dann in den Sand. Meine Beine zittern, und mir ist ganz schwindelig und schwarz im Kopf. "Habe ich dir nicht gesagt, du sollst es festhalten? Kannst du nicht ein einziges Mal tun, was ich dir sage?"

DAS Sonntagvormittagslicht dringt durch die kleinen Fenster in die Wirtschaft. Opa raucht zum Frühschoppen eine Zigarre. Der Rauch kräuselt sich und wickelt sich milchig um die einfallenden Sonnenstrahlen. Die Männer reden sehr laut. Bierschaum hängt in ihren Bärten und an ihren

Oberlippen. Ich schlürfe den letzten Tropfen Sinalco mit dem Strohhalm. Opa schimpft über die Schwarzen. "Bolschewik!" ruft einer. Der Wirt schenkt mir einen roten Lutscher für den Heimweg.

"ROSI Läuskopf, Rosi Läuskopf!" Unsere Straße wird gerade geteert. Rosi steckt einen langen Stecken in den frischen Teer, und ruckzuck hab ich einen schwarzen, stinkenden Scheitel. "Das war für den Läuskopf!" Die Kinder prusten und johlen. Der Teer tropft auf mein gutes Kleid.

MEIN neuer Roller.
"Läßt du mich auch mal fahren?"
Jetzt bin ich beliebt.

WÄHREND ich auf dem Klo sitze, wird es plötzlich unter mir ganz warm. Ich wache auf. Herzklopfen. Schon wieder! Ganz still bleib′ ich liegen. Die nasse Pfütze unter mir wird langsam kalt. "Muttiiiiii!" Heftige Schimpfe, ein frischer Schlafanzug. Muttis Bett ist trocken und warm.

KEINER kann die beiden auseinanderhalten. In der Schule haben sie immer die Hände unter der Bank. Ingrid beißt Fingernägel, Edith nicht.

HILDE wollte, daß ich mit ihr heimgehe. Hildes Opa hat Suppe gekocht. Aus der Kammer kommt lautes Stöhnen. Der Opa legt den Finger auf den Mund. Drinnen schreit Hildes Mutter wie am Spieß. Dann ist es still. Die Tür geht einen Spalt auf. Hildes Vater darf rein. Er kommt bald wieder raus und heult. Er zieht Hildes Opa in die Ecke. Der schlägt die Hände vors Gesicht. Jetzt darf er auch zu Hildes Mutter. Die Hebamme kommt mit blutigen Tüchern aus der Tür, der Großvater hinter ihr. "Komm, Albert", sagt er zum ältesten Buben, "wir müssen uns um ein Särgchen kümmern."

ALLE Kinder stehen in einer Reihe. Ganz viele Löffel und eine Flasche Lebertran. "Mund auf!" ruft die Kindergartentante, und sie kommt immer näher. Gleich muß ich brechen. Ich presse die Lippen aufeinander, sie hält mir die Nase zu. Dies ölige Gefühl im Mund! Alles, was ich ´rauskotze, schmeckt nach Lebertran. Ihre weiße Gummischürze ist von oben bis unten voll. Am nächsten Lebertran-Tag bleibt mein Löffelchen sauber.

HELEN VON RUSSWURM

ALLE viere strampeln unterm Holztisch, krebs-
rotes Gesicht versteckt, die Stimme verebbt in
tiefem Schluchzen, mein Bruder Philip, tränenge-
näßtes Gesicht, ich krabbel unter den Vorhang
und streichle ihn ganz sanft.

AUF der Toilette ein großer Blutfleck in meiner
Hose. Aufschrei. Mein Bruder kommt schnell.
Stille im Haus, nur wir zwei. Der Kasten mit dem
roten Kreuz. Eine Schere, ein großes Pflaster.
"Geschafft", sagt Christoph und geht. Ich bleibe
allein und warte auf Antwort.

CHRISTOPH ist weit weg, bei den Schwarzen,
sagt Papa. Hoffentlich fressen sie ihn nicht. Muß
ich auch weg?

PURZEL, spitze Ohren, scharfe Zähne, schwarz-
weiß, Ringelschwanz, kurze Beine, der Postbote
hat Angst vor ihm, ich aber nicht, er leckt mein

Gesicht ab, wenn ich weinend auf dem Teppich liege.

MEIKE ist, daß wir immer lachen, Bauchschmerzen haben vor Lachen, uns am Boden kugeln vor Lachen. Meike kostet nicht viel, sagt Papa, sie ist eine arme Schauspielerin.

CHRISTOPH ist zurück. Er spricht anders, sieht anders aus. Wer bist du? Philip geht. Warte, ich komme mit. Warum er auch? Geh doch nicht, bleib bei mir. Afrika, du böses Land.

SCHWARZES Papier, weißer Karton. Die Schere in Mamas Hand, eine kleine, weiche, blaue Beule auf dem Ringfinger, schneidet unsere Profile. Es riecht nach süßem Griesbrei und nach Kerzen auf dem Kranz. Langsame Bewegungen, kein Laut von uns, schnipp, schnapp, ganz zart.

SCHWARZER Schleier, graues Gesicht, wir winken, bis der Zug verschwindet, aus der Halle rollt, wir warten eine ganze Ewigkeit. Nasen platt an der Scheibe, Regen, Schnee, Tannenbaum kaufen, Sterne basteln, kein Plätzchengeruch, nur Putzmittel. Rote Augen, schwarzer Hut, sehr kurze Locken, roter Mund, vertrauter Geruch, Grandad sieht uns jetzt von oben.

TOTENSTILLE, kein Herumzappeln. Händchen und Hände gefaltet, "Vater unser", dann singt Papa "Guten Abend, gute Nacht", die Stimme erhebt sich, schwillt an, dröhnt durch die Fenster, jeden Abend.

PORRIDGE mit kalter Milch, Sommer. Porridge mit warmer Milch, Winter. Süßer, klebriger Honig, in die Mitte ein Kleks. Erst kalt, dann warm duschen. Das ist Papa.

OMI, immer sonntags. Dunkle Wohnung mit Schlauchflur. Leerstraße. Das ist sie, immer leer. Ich hasse Sonntage.

OMI kocht für uns. Es schmeckt auch gut, nur nicht hingucken. Ratespiel: Was da wohl alles drin ist? Mama und ich waschen ab. Meckern verboten.

ERSTER Schultag. Zuckertüte leer gegessen. Bauchweh, Papa schlägt mich. Hilft nicht, ich schreie weiter. Mit Mama zum Arzt. Akuter Blinddarm. Sirene, Blaulicht, Krankenhaus.

URLAUB im Schnee. Ich auf Skiern, es geht runter, ganz, ganz schnell, die Bäume fliegen. Die Bretter hinten breit, vorne spitz. Popo im Schnee. Jetzt ist es gut.

LICHTSCHWERTER trennen mein Zimmer, die flaschengrüne Truhe hier, das schmale Bett dort, ein kleiner alter Hocker. Rothaarige Puppe Nita, geschorener Kopf, die langen Roten liegen am Boden, der Daumen verschwindet im Mund, die Schwerter fallen ganz langsam.

IM Fenster vom Lädchen eine Puppe mit Schild:

Sprechendes Schlummerle. Die will ich haben.
Gottseidank gibt es Onkel Ernst. Ich ziehe am
Ring an der Schnur. "Ich hab´ Hunger, ich hab´
dich lieb", sagt sie. "Ich hab´ dich auch lieb", sage
ich und nenne sie Meike.

MEIN erster Kuß. Naß und ekelhaft. Ein großer
alter Mann. Gottfried. Ob Gott jetzt Frieden hat?
Ich putze mir die Zähne, immer wieder.

HELMUT HIMMIGHOFFEN

MUTTER ruft: „Bring' deine Schwester in den Kindergarten." Wie ich das hasse! Immer muß ich meine kleine Schwester hüten. Manchmal wünsche ich mir, daß sie wegläuft. Ich würde sie nicht zurückholen. Trotzdem mag ich meine Schwester. Sie hört auf mich. Das macht mich stolz. Ich verteidige sie auch, wenn andere ihr etwas Böses antun wollen.

DIESES Jahr gibt es wieder Maikäfer. Ich gehe mit Gerda in den Wald, wo die Maikäfer auf den Bäumen sitzen. Manche fallen herunter. Die sammeln wir auf und tun sie in einen Karton, in den wir kleine Luftlöcher gebohrt haben. Gerda will die Maikäfer immer lieb halten und streicheln. Dabei drückt sie sie oft so doll, bis sie tot sind. Das macht mich ganz traurig. Ich laufe weg.

MUTTER hat keine Zeit für mich, da sie mit Vorbereitungen beschäftigt ist, um dem Besuch alles perfekt zu präsentieren, wie sie sagt. Ich erhalte Verhaltensmaßregeln. Deswegen habe ich nicht gerne Besuch. Manche Besucher bringen mir ein Geschenk mit. Dann vergesse ich meine Abneigung gegen Gäste. Auch als der Besuch dann da ist, findet Mutter noch keine Ruhe, da sie dauernd zwischen Wohnzimmer und Küche pendeln muß. Nachdem der Besuch wieder gegangen ist, ist sie völlig erledigt und will so bald keine Gäste mehr sehen.

ENDLICH ist Vater aus dem Krieg zurückgekehrt. Ich freue mich sehr und bin ständig in seiner Nähe. Auch ins Bad darf ich ihn begleiten. Er rasiert sich mit Seife, Pinsel und Rasiermesser. Er macht mir etwas Rasierschaum auf Nase und Bakken. Dann streift er es mit der stumpfen Seite des Rasiermessers wieder ab. Das kitzelt, und ich lache.

HEUTE geht Vater mit mir ins Naturkundemuseum. Bevor wir aus dem Haus gehen, tuschelt er mit Mutter. Ich fühle, daß es dabei um mich geht. Im Museum geht er mit mir in die Abteilung, wo tote Lebewesen in Gläsern, die mit einer Flüssigkeit gefüllt sind, aufbewahrt werden. Darunter sind auch Körper von Babys in verschiedenen Größen. An diesen Beispielen will er mir das

Wunder der Geburt erklären, sagt er. Wenn er wüßte, daß ich längst alles darüber von meinen Schulfreunden erfahren habe. Aber sagen tu ich ihm nichts.

OMA besuche ich gerne, weil man bei ihr so schön auf dem Treppengeländer rutschen kann. Wenn ich gehe, ruft sie mir immer nach, daß ich das nicht tun soll, aber ich tu so, als hätte ich nichts gehört und rutsche trotzdem. Heute habe ich mir beim Rutschen die Hose zerrissen. Da ich noch größere Angst vor Mutters Strafe habe, habe ich Oma gebeichtet, was mir passiert ist. Sie ist immer gut zu mir und näht deshalb sofort die Hose, ohne viel zu schimpfen. Das werde ich ihr nicht vergessen. Ich wünsche mir, daß sie noch lange lebt.

ICH stehe vor einem Schrank aus dunklem Holz, der immer verschlossen ist. Ich würde dieses Geheimnis gern lüften und bin immer wieder versucht, ihn zu öffnen, aber mein Herz pocht gewaltig, wenn ich mich ihm nähere. Was soll ich tun? Eines Tages komme ich nach Hause und merke, daß die Schranktür ein klein wenig offen steht. Ich trete näher und versuche, hinein zu schauen, ohne ihn anzufassen, aber ich kann nichts sehen. Mutter kommt und schließt die Tür vor mir ab.

WIR wohnen auf dem Lande. In der Erntezeit gehen wir auf die Felder, um Fallobst zu suchen. Das Obst laden wir auf einen Leiterwagen und fahren es nach Hause. Das macht mir alles keinen Spaß. Ich muß den Leiterwagen ziehen. Auf einer abschüssigen Straße lasse ich den Leiterwagen los, und er rollt alleine den Berg hinunter. Nach einer Weile kippt er in den Straßengraben. Meine Mutter schimpft fürchterlich.

MUTTER hat mir die Milchkanne in die Hand gedrückt und will, daß ich Milch hole. Auf dem Nachhauseweg schleudere ich die volle Kanne am ausgestreckten Arm durch die Luft und freue mich, daß keine Milch herausläuft. Da begegnet mir Klaus und will Fußball mit mir spielen. Ich stelle die Milchkanne beiseite und spiele mit ihm. Mit einem Mal fliegt der Ball gegen die Kanne. Diese wackelt und kippt zur Seite. Ich kann sie gerade noch auffangen, so daß nicht alle Milch herausläuft. Mutter wird jetzt mit mir schimpfen. Klaus sagt, ich soll einfach Wasser dazu schütten.

ICH bin ein guter Esser, sagt meine Mutter. Meine Mutter kocht prima und wünscht, daß ich alles, was mir zugeteilt wird, auch tatsächlich esse, sagt sie. Wenn ich ab und zu den Teller nicht leer essen will, gibt es Ärger. Dann wird gedroht, daß am nächsten Tag die Sonne nicht mehr scheint. Also esse ich weiter, obwohl ich satt bin. In der Schule werde ich nur noch „Dicker" gerufen. Meine Schwester wird immer gefüttert, weil sie nach Ansicht meiner Mutter wie ein Spatz ißt. Sie ist ganz dünn und klein. Ich wäre gern ein Spatz.

DORIS BOCK

DIE Vorhänge sind weiß und haben blaue und schwarze Balken. Ich finde sie schön. Es sieht im Zimmer immer wie Sommer aus.

ZWISCHEN den Doppelfenstern blühen Kakteen, die ich streichele. Aber die feinen Härchen bleiben in meiner Hand stecken und brennen. Sie werden mit Butter herausgerieben. Der Geruch von Butter an den Händen ist ekelhaft.

UMZUG im Winter, von Königsberg nach Wien. Es ist kalt, der Schnee liegt hoch. Die Möbelpakker verstauen zuletzt die vielen Kakteentöpfe in Wannen. Die langen Ranken, die wie Schlangen aussehen, wickeln sie um Zeitungspapierrollen. Meine Mutter steht dabei und ringt die Hände und sagt: Bitte vorsichtig! Nach langer Zeit kommt der Möbelwagen in Wien an. Die Kakteen sind erfroren und matschig. Meine Mutter ringt wieder die Hände. Mein Vater tröstet sie und sieht zufrieden aus, er pfeift ein Lied.

DIE Teppiche werden im Schnee geklopft. Die Polstermöbel riechen nach Salmiakgeist. Ich liebe diese Gerüche. Keiner kümmert sich um mich, wenn geputzt wird. Ich muß nichts tun.

MEIN Großvater sitzt neben seinem Nachbarn auf der Bank. Ich spiele vor seinen Füßen im Sand. Ein großer Ganter kommt zischend mit langem Hals auf mich zu. Er beißt mich mit seinen scharfen Sägezähnen durch den Trainingsanzug. Großvater packt ihn beim Hals und drückt fest zu.

DAS Fahrrad meines Vaters hat vor dem Lenker einen kleinen Sitz für mich. Meine Eltern fahren viele Tage über Wiesenwege, durch Wälder, über einen Damm aus Knüppeln, auf dem ich durchgeschüttelt werde. Aber Vaters Arme halten mich auf beiden Seiten. Mein Vater singt, meine Mutter lacht und sagt: Nicht so schnell!

ICH gehe zur Schule. In der Fibel ist ganz am Anfang ein Bild. Ein kleiner Junge liegt in einem Bett, die Sonne scheint durch das Fenster, und ein Hahn sitzt auf dem Fensterbrett und kräht: I, i, i, i!

Wir lernen das I. Zu Hause beschreibe ich das Bild und erzähle, daß der Lehrer es genau nachgespielt hat. Er rollte ein Bett in die Klasse und legte sich hinein. Dann flog ein Hahn auf das Fensterbrett und krähte. Ich habe es wirklich gesehen. Mein Vater sieht meine Mutter an und sagt: Anna! Das Kind lügt! Aber es war doch so.

MEIN Vater hat Handball gespielt, sagt meine Mutter. Er trägt noch seinen alten Sportanzug im Garten. Dazu setzt er sich eine Baskenmütze auf. Kein anderer Vater trägt eine Baskenmütze. Jedes Mal, bevor ich abgeholt werde oder Besuch bekomme, flehe ich ihn an, sie abzunehmen. Er lacht nur darüber. Er hat schöne weiße Zähne. Ich schäme mich, weil mein Vater eine Baskenmütze trägt.

MEINE Mutter zeichnet mich. Sie hat einen Zeichenblock auf dem Schoß, sie zeichnet mit weichen Kohlebröckchen, die schmieren, wenn man darüber wischt. Dabei erzählt sie mir Geschichten aus der Zeit, als sie klein war. Ich muß stillsitzen, aber ich darf lachen.

MEINE Mutter besucht eine Freundin. Die Freundin hat eine Tochter, die ist so alt wie ich, aber sie geht noch nicht zur Schule. Das Mädchen hat Geburtstag, ich soll ihr ein Geschenk geben. Ich kann sie nicht leiden. Sie benimmt sich blöd und petzt immer. Aber das sage ich keinem. Ich sage das, was Erwachsene immer zu mir sagen, wenn ich Geburtstag habe: Herzlichen Glückwunsch zum Geburtstag und mach' deinen Eltern recht viel Freude. Meine Mutter bekommt dünne Lippen. Wie gehen bald. Unterwegs sagt sie mit strenger Stimme, die dann ganz dunkel wird, daß Kinder nicht die gleichen Sachen wie Erwachsene sagen dürfen. Sie sagt mir nicht, warum.

MUTTER und Vater gehen ins Theater. Sie haben es mir, wie immer, gesagt. Die Nachbarin soll nach mir schauen. Meine Mutter duftet wunderbar nach Puder. Ihre Spitzenbluse hat einen hochstehenden Kragen, sie sagt, es ist ein Stuartkragen. Nachts wache ich auf, mir ist übel, ich spucke ins Bett und auf meinen Teddy. In einer Ecke kauere ich, bis meine Eltern wiederkommen, mir ist sehr kalt. Der Teddy hat danach immer sauer gerochen, auch als er schon kein Fell mehr hatte.

LANGE Strümpfe sind schrecklich, sie kratzen. Die Strümpfe, die weich sind, aber dann an den Knien ausbeulen, kauft meine Mutter nicht. Jedes Mal, wenn ich neue Strümpfe anziehen muß, weine ich und kann nur an das Kratzen denken, auch wenn sie meine Beine mit ihrem Puder einpudert. Dann stehe ich mit steifen Beinen da und setze mich nicht hin. Beim Sitzen kratzen sie noch mehr.

ALS ich sieben Jahre alt war, sollte ich einen Bruder oder eine Schwester bekommen. Meine Tante ging viele Stunden mit mir spazieren und sogar Eis essen. Ich wollte nach Hause, ich war schon lange müde. Als wir nach Hause kamen, war ein kleiner Bruder da. Er schrie. Nachts machte ich leise alle Türen auf, ich wollte mein Brüderchen schreien hören. Das wollte ich aber nur in der ersten Nacht. Heute bin ich neun und kann ihn nicht leiden. Er geht immer an meinen Schrank und reißt alles heraus, meine Mutter sagt, daß er doch noch so klein ist. Ich brauche keinen kleinen Bruder.

NACHMITTAGS ist Sportunterricht, Ballspielen im Matsch. Ich hasse diesen Unterricht, ich werde

immer als letzte in die Mannschaft gewählt, weil
ich so klein bin. Wo der Würfelzucker in der Dose
mit der kleinen silbernen Zange steht, weiß ich.
Zucker mag ich nicht, aber ich lasse vier Stücke
im Mund zergehen. Unsere Schaukel hängt im
Winter am Türrahmen zum Kinderzimmer. Ich
triesele mich ganz eng ein und lasse los, den eklig
süßen Zucker im Mund. Vom Drehen wird mir
fürchterlich schlecht. Meine Mutter findet mich
blaß, ich darf zu Hause bleiben. Sie schreibt mir
eine Entschuldigung.

WENN die Stachelbeerbüsche dicht zugewachsen
sind, kann mich keiner in meiner Lieblingsecke
beim Lesen sehen. Ich sitze dann auf dem Rand
des Beetes. Hinter mir am Zaun wächst weißer
Flieder, darunter hat meine Mutter dunkelbraunen
Goldlack gepflanzt. Flieder und Goldlack blühen
zur gleichen Zeit, das ist der schönste Duft der
Welt. Wenn ich groß bin, möchte ich so ein Parfum haben.

HELGE WAGNER

MEINE kleine Schwester Sigrid hat Kinderläh-
mung an ihrem rechten Arm bekommen. Man hat
ihr den gesunden Arm mit einem Verband umwik-
kelt, damit sie den kranken Arm trainieren soll.
Aber sie sitzt fast immer am Boden und weint und
will nicht spielen. Sie tut mir so schrecklich leid,
daß ich immer heimlich versuche, ihren Verband
aufzumachen.

MEIN Bruder Volker ist zwei Jahre älter als ich.
Er unternimmt mit mir richtige Wanderungen. Wir
reiben uns die Beine mit Mehl ein, nehmen But-
terbrote und eine Feldflasche voll Wasser mit. Er
zeigt mir Wassertümpel mit Molchen drin, einen
Fuchsbau, vor dem wir uns dann auf die Lauer legen. Er weiß, wo Enteneier liegen. Er zeigt mir,
wo die Störche im Sumpf waten und noch vieles,
vieles mehr.

MEIN Bruder hat mir gezeigt, wie man auf den
Schrank klettert und von dort in die weichen Betten der Eltern springt. Es macht Spaß. Wir klet-

tern immer wieder hoch und springen wieder runter, bis das eine Bett zusammenkracht. Mein Bruder fährt mit seinem Rad in das Dorf und holt einige Platten Knochenleim, kocht sie in Wasser auf und verleimt die Bruchstelle. Beim nächsten Umzug hat noch nicht einmal mein Vater was gemerkt.

IN dem Kanonenofen, der in unserer Stube steht, macht mein Bruder sogar im Sommer manchmal Feuer. Er röstet darauf frisches Brot, das wir mit Salz bestreuen und essen. Lecker! Danach lassen wir in einem Topf Zucker schmelzen, und mit Butter vermengt gießen wir daraus Karamelbonbons. Wenn es unserer Mutter zu bunt wird, sagt sie: "Gleich rufe ich den Vater an."

IN Emlichheim haben wir auch einen Taubenschlag. Einmal nimmt mein Bruder eine Taube mit zum Besuch bei unserer Tante. Er stellt den Taubenkäfig auf den Balkon, aber irgendwie kommt die Taube frei und will durchs Fenster zu meinem Bruder. Die Tante ruft: "Hinaus mit dir, du Vieh!", und scheucht sie mit den Armen. Mein Bruder hat seine Taube nie wieder gesehen.

MEIN Bruder baut eine Kanone. Damit geht er in den Wald und läßt einen Böllerschlag los, der überall zu hören ist. Die Tante ist froh, daß er heil wieder nach Hause gekommen ist, sagt sie.

MEIN Bruder ist einfach verschwunden, weil er was angestellt hat. Wir suchen ihn überall. Mein Vater hat sein Gewehr dabei und schießt sogar in einen Hochsitz. Es ist schon lange dunkel, da ist mein Bruder plötzlich wieder da.

DIE Fahrt mit der Bahn in das Ferienlager auf Borkum ist furchtbar lang und furchtbar langweilig. Mein Bruder erfindet ein Spiel. Wir gucken beide aus dem offenen Fenster, und wer zuerst einen Signalmasten sieht, bekommt einen Punkt. Meine Augen sind noch viele Tage lang entzündet.

WIR sitzen zusammen am Tisch. Mein Bruder, der neben der Mutter sitzt, läßt seinen Teelöffel fallen. Mit einem silbernen Klang schlägt er auf, gerade dorthin, wo neben meiner Mutter die Sonne ein helles Fleckchen auf den Boden malt. Meine Mutter ist fast blind, und dennoch greift sie ganz sicher, ohne zu tasten, nach dem Löffel. Ich bin ganz still, so groß ist meine Verwunderung.

ICH sitze bei meinem Vater quer auf der Stange seines Fahrrades. Er hält mich fest zwischen seinen beiden Armen, und ich stütze mich auf dem Lenker ab. Meine Füße haben keinen Halt. Meine Oberschenkel tun mir weh, aber ich sage nichts, denn mein Vater hat es eilig. Wir fahren über einen sandigen Weg, und ich sehe, wie das vordere Rad in dem weichen Sand rutscht. Plötzlich kippt das Rad um, und wir fallen beide hin. Ich habe mir nicht weh getan, aber mein Vater flucht gewaltig. Ich habe noch nie ein böses Wort von ihm gehört. Mein Schrecken ist so groß, daß ich laut zu heulen anfange.

WIR wohnen jetzt in Emlichheim, und Harald ist noch ganz klein, da probiert unser Vater eine akrobatische Nummer mit uns. Er nimmt Volker auf seine Schultern, dann werde ich hochgehoben, Sigrid muß über eine Leiter auf meine Schultern klettern, und der kleine Harald wird von uns von unten bis oben hinaufgereicht. Während unser Vater versucht, einige Schritte zu gehen, und unser Turm schon schwankt, werden wir fotografiert.

ICH wohne bei meiner Tante, und es ist Ostern. Da kommt ein Paket von meinem Vater. Darin ist ein Korb, und im weichen Stroh liegen lauter ausgeblasene Eier, die er angemalt hat. Auf einem hat er mich mit meinem Bruder gemalt. Wir stehen beide Hand in Hand vor einem Wegweiser, auf dem Emlichheim steht. Mein Bruder zeigt mit seinem Arm weit in die Ferne, und ich schaue auch dorthin.

IMMER, wenn ich meine Großeltern in ihrem kleinen Häuschen am Berg besuche, nimmt meine Oma mich in die Arme, und sie riecht gut. Dann kommt der Opa dran. Er steht mitten in der Stube und drückt mich fest an sich. Dabei rieche ich den abscheulichen Tabakgeruch, der aus seinem Anzug und seiner Haut kommt, und alle sagen: „Ist sie nicht süß, die Kleine?“

WIR wandern von Kassel zum Segelflugplatz Dörnberg. Im letzten Dorf vorm Dörnberg machen wir Rast in einem Saal, in dem ein Feuerwehrfest mit Tanz ist. Mich nimmt plötzlich ein Mann mit dem Stuhl hoch, auf dem ich sitze, und dreht mit mir eine Runde durch den ganzen Saal. Ich habe schreckliche Angst und bin froh, als er mich an meinen Platz zurückbringt. Auf dem letzten Stück durch den Wald schweben über uns die Segelflieger. Sie schaukeln mit den Flügeln, wenn sie uns entdecken. Das ist ein schöner Ausflug.

WIR wohnen jetzt in einem Lager in der Eifel, mitten im Wald. Bei meiner Mutter im Zimmer schlafen Sigrid und Harald, und in ihrem Bett liegt unsere jüngste Schwester Edelgard. Volker und ich haben ein extra Zimmer. Jede Nacht höre ich die Bombengeschwader über uns hinweg donnern. Mutter und die anderen hören sie nicht, glaube ich. Sie reden nie darüber.

DOROTHEA MASCHKE

IM Sommer gibt es Kirschsuppe aus frischen Kirschen, kühl gestellt und mit weißen Schiffchen aus Gries und Eischnee. Die Teller müssen vorher leergegessen sein. Pilze aber mag ich nicht.

IM Wäscheschrank, hinter den weißen Laken, finde ich ein Fläschchen mit Glasstöpsel. Den Namen kann ich nicht lesen, doch als ich es öffne, lassen die Tropfen, die herausspringen, den ganzen Schrank nach Maiglöckchen riechen.

WIR sitzen zu dritt auf dem kleinen Korbsofa am Kachelofen. Es wird dunkel. Eng aneinander gedrückt, beginnen wir, Weihnachtslieder zu singen. Da bricht der ersten von uns die Stimme ins Weinen aus, und laut jammernd begleiten sie die anderen: "Es ist dunkel, und Mama ist nicht zu Hause!"

WIR machen uns Bonbons aus Milch und Zucker

und Haferflocken. Ich weiß, wie es geht. Meine Geschwister und unsere Freunde stehen voller Freude um mich herum. Als ich gerade die zähe, braune und heiße Masse aus der Pfanne auf den nassen Teller gieße, kommt Tante Hannchen zur Tür herein: "Das erzähle ich eurer Mutter, daß ihr im Krieg den teuren Zucker so verschwendet", sagt sie. Aber Mama sagt dann: "Der Zucker gehört den Kindern, und es ist egal, wie sie ihn essen."

DU siehst schön aus mit dem Pelzkragen um dein Gesicht. Du lächelst. Darf ich den Pelz streicheln, Mama?

SCHREIEND verlassen wir am ersten Schultag das Schulhaus. Im Schulhof vor dem Gittertor steht Mama. Sie hält eine große Tüte im Arm: lilagold.

WENN Mama die Betten macht, singt sie ein Lied. Das klingt so fröhlich, daß ich auch gern Betten machen würde. Ich versuche es, aber meine Arme sind zu kurz.

ICH will kochen und backen können wie Mama. An einem Tag, an dem sie nicht zu Hause ist, bakke ich meinen ersten Kuchen. Sie riecht ihn schon an der Wohnungstür. Sie lacht, als ich sage: "Ich habe einen Kuchen gebacken, und er ist gelungen."

OSTERN läuft Papa auf der Wiese vor uns her und zeigt auf die bunten Eier, die der Osterhase verloren hat. So viele Leute gehen spazieren, und nur wir sind flink und klug genug, um sie zu finden.

IN einem kleinen Korb bringe ich Papa sein Vesperbrot. Er öffnet die Tür der Werkstatt, und der Geruch nach frischem Holz kommt mir entgegen. Seine blaue Tischlerschürze hat Leimkrusten. Die kratzen.

WIR fahren pfeilschnell durch die Straßen. Ich sitze hinter Papa auf dem Fahrrad, an seinen Rücken gelehnt. Wenn wir abbiegen wollen, darf ich einen Arm links oder rechts 'rausstrecken.

SCHON hundertmal versuche ich, eine Zwei auf die Schiefertafel zu schreiben. Es gelingt nicht. Da beugt sich Papa über meine Schulter: "Siehst du, so geht es."

DER blaue Bettvorleger vor Mamas Bett ist mein fliegender Teppich. Ich lasse mich fortführen von Lederstrumpf und Winnetou und dem letzten Mohikaner. Keiner findet mich.

NIKOLAUS hat mir einen Brief auf die Süßigkeiten in meinem Schuh gelegt. Er weiß alles über mich!

MITTEN in der Stadt drehe ich mich aus meinem Versteck um, und weiß nicht mehr, wo ich bin. Nette Leute bringen mich zur Polizei. Nach langer, langer Zeit wird die Tür geöffnet: Mama, sie weint auch.

MAN hört nicht zu, wenn die Erwachsenen sich unterhalten. Ich stehe hinter der Tür, lausche und

versuche, die Geheimnisse zu entdecken. Was ist
Kintoppspektakel?

DIE roten Schuhe sind so schön, aber ich soll sie
nicht mehr anziehen, weil meine Füße gewachsen
sind. Keiner merkt etwas, aber Papa. Als er mittags auf meine Füße sieht, packt er mich, hebt
mich hoch und trägt mich in den Garten. Erleich-
tert folge ich dem Gebot: "Sofort ziehst du die
Schuhe aus!"

AUF der Promenade steht der Eisverkäufer. Ich
habe zehn Pfennige bekommen. Dafür hole ich mir
zwei Sorten Eis: Vanille und Schokolade. Der
Verkäufer streicht das Eis mit einem Spachtel auf
die Waffeltüte und macht einen hohen Berg daraus. Voller Freude nehme ich die Tüte und drehe
mich um. Da steht eine Dame mit Strohhut und in
weißen Hosen. Sie sieht mich an und sagt: "Paß
auf, daß du mich nicht bekleckerst, dummes Gör!"

IN der Hand trage ich das Geld für ein Brot. Es ist
abgezählt und in ein Stück Papier gewickelt. Im
Bäckerladen lege ich es auf den Ladentisch. Die

Bäckersfrau wickelt mir ein großes frisches Brot in ein Stück weißes Papier. Auf beiden Armen trage ich es fort und fühle es warm an meinem Bauch. Es riecht nach Kuchen und gebranntem Zucker. Ich möchte immer mehr davon riechen und biege meinen Kopf ganz tief. Da fühle ich das warme Brot an meinem Kinn, dann an meinem Mund, und dann muß ich einfach in das knusprige Ende beißen.

CHRISTA geht im Sommer jeden Abend auf den Friedhof, um die Blumen auf zwei Gräbern zu gießen. Christa ist meine Freundin, und manchmal gehe ich mit und darf auch eine Gießkanne Wasser aus dem großen Bottich holen und die Blumen gießen. Sie harkt mit einer kleinen Harke hübsche Muster auf die Wege zwischen den Gräbern. Da darf man nicht drauftreten. Ich wünsche mir auch ein Grab!

Im Höhnepark gibt es einen großen Baum, auf dem wachsen Äpfel, so klein wie Kirschen. Sie sehen aus wie richtige Äpfel, gelb und rot. Man kann sie essen. Ich habe es probiert.

FÜNF Pfennige halte ich in der Hand. Dafür darf ich mir kaufen, was ich will. Eine Zuckerschnecke beim Bäcker an der Ecke oder viele Bonbons bei Münchow, dem Kolonialwarenhändler. Am meisten wünsche ich mir die Ziehgummischlange aus dem großen Glas bei Münchow. Aber Mama sagt, das ist Unsinn.

ROSEMARIE ANDERS

IMMER will sie über mich bestimmen, dabei ist sie jünger als ich! Und heute hat sie alle Krokanteier und Marzipaneier von meinem Teller gemopst! Wenn sie lügt, zittern ihre Nasenflügel. Manchmal ärgert sie mich so, daß ich sie an den Haaren ziehen muß. Dann schreit sie. Dafür kann sie gut kratzen und beißen, ich zeige dann Mutter meine Wunden. Wenn wir uns nicht zanken, spielen wir am liebsten mit Freundinnen Theater. Wenn sie mich dann von hinten mit einem Brieföffner erdolchen soll, läuft es mir kalt den Rücken herunter. Manchmal müssen wir auch Braut und Bräutigam spielen. Dann zanken wir uns vorher um die schönsten Sachen aus der alten Truhe. Sie möchte die Braut sein, aber das geht nicht, weil ich doch schon immer die Braut war!

HURRA, wir haben ein Brüderchen bekommen! Elisabeth macht uns mit der Brennschere Locken in die Haare, damit Mutter sich über uns freut. Wir gucken uns an und finden uns sehr schön. Mutter freut sich aber nicht. Dann kommt eine Frau mit einem weißen Paket auf dem Arm. Sie wickelt es aus, es riecht nicht gut. Wir sagen

Mutter, daß das ein häßlicher Zwerg ist und wir jetzt bitte unser Brüderchen sehen wollen. Ich stampfe dabei sogar mit dem Fuß auf. Das Wesen schreit und Mutter legt es an ihre große Brust. Als wir gehen müssen, sind wir uns einig: "Den nehmen wir nicht!"

ICH stapfe durch den Schnee, es knirscht. Der Koffer ist schwer und meine Schulter tut weh. Heute ist Heiligabend, und ich muß noch drei Kilometer im Dunkeln nach Balderschwang laufen. So viele Sterne! Und wie die glitzern! Hier ist es still und viel näher am Himmel als zu Hause, finde ich. Hinten ragen die Berge dunkel auf, und von den Zweigen neben dem Weg plumpst der Schnee. Jetzt geht es abwärts, ein Eichhörnchen läuft voran. Ich freue mich so auf meinen kleinen Bruder! Licht schimmert aus den Fenstern der ersten Höfe. Ich höre die Glocken läuten und sehe, daß jemand mit einem Schlitten kommt. Das ist mein Bruder! Wir laufen uns entgegen und fallen uns um den Hals. Er hat mir ja so gefehlt, ich habe ihn so lieb!

ES ist dunkel. Ich liege im Bett und warte auf Mutter. Ich höre sie leise auf dem Flur mit dem Mädchen sprechen. Jetzt geht die Tür auf, und es wird hell. Mutter trägt ein feines Kleid und Ohrringe und eine Kette. Sie ist wunderschön. Sie beugt sich nieder und betet mit mir zur Nacht. Ihre Haut riecht nach Maiglöckchen. Ich schlinge meine Arme ganz fest um ihren Hals und mag sie nie mehr loslassen. Aber ich kann sie nicht festhalten. Sie löst sich von mir, und mit einer Hand hält sie die Perlenkette fest.

IHR Rollstuhl steht auf dem Flur, ich mache einen großen Bogen um ihn. Mutter liegt in ihren Kissen und streckt die Hände nach mir aus: "Hilf mir", sagt sie leise und zeigt auf das Bein, das sie nicht mehr bewegen kann, und dann auf das Gestell in der Ecke. Ich versuche es immer wieder, aber das kalte Ding aus Metall und Leder will nicht. Mutter beginnt zu weinen, dann packt sie das Gestell mit beiden Händen und schleudert es quer durch das Zimmer. Es landet klirrend auf dem Frisiertisch, und Fläschchen, Döschen und der silberne Handspiegel, alles fällt zu Boden. Mutter lacht ganz komisch und hört gar nicht auf. Ich halte mir die Ohren zu und laufe auf den Flur. Dort gebe ich dem Rollstuhl einen festen Stoß.

WARUM drängelt sie sich so eng an Vater? Ich

hüpfe an der anderen Seite hoch und hänge mich an seinen Arm. Es ist kalt, ich sehe meinen Atem und ich höre, wie die Eisschollen am Strand krachen. Es riecht nach Parfüm. Jetzt bleiben sie stehen, Vater will den Pelzkragen über ihrem weißen Hals besser zuknöpfen. Es dauert lange, weil sie sich immerzu in die Augen schauen. Wenn ich über meine Lippen lecke, schmecken sie nach Salz. Ich suche Vaters Blick und zerre und ziehe an seinem Arm. "Wir wollen gehen, ich friere!" Auf dem Heimweg spricht er nur mit ihr. Mutter hat zu Hause Vaters Lieblingsessen gekocht.

ES riecht nach Sauerbraten. Vater raucht Zigarre und liest die Sonntagszeitung. Jetzt drückt er den Stummel aus, und es stinkt. Er möchte, daß wir zusammen musizieren, ich am Klavier und er mit seiner Flöte. Sie ist schwarz und hat silberne Beschläge, er hält sie quer vor die Lippen. Wir spielen beide manchmal auch falsche Töne. "Ach, ich habe sie verloren" von Gluck können wir aber gut. Vater erzählt mir die traurige, aber schöne Geschichte von Orpheus und Eurydike. Er legt dabei eine Hand auf meine Schulter. Ich mag es gern, wenn Vater erzählt. Er weiß so viel.

GROSSMUTTER ist zu Besuch. Ihre Kleider sind schwarz, manchmal trägt sie eine Pelerine darüber. Sie hat graue Haare und einen langen, dünnen Zopf am Hinterkopf. Einmal sollte ich mit dem Rohrstock gestraft werden. Großmutter versteckte mich in den Falten ihres weiten Rockes, der immer so nach Äpfeln riecht. Wir drehten uns im Kreis, um den Hieben auszuweichen. Als das Strafen aufhörte, wischte sie mir mit ihrer weichen Hand über das Gesicht und sagte: "Es wird nich jewent, Marjellchen." Da war ich wieder froh.

HIER unter diesem Baum ist mein Lieblingsplatz. Keiner kann mich hier finden, die Zweige hängen bis auf den Boden. Aus Farnkraut, Holz und Moos habe ich mir da einen schönen Sitz gemacht, von dem aus ich alles sehen kann. Jetzt bewegt sich das Schaukelbrett knarrend hin und her. Das macht der Wind. Eine Birne plumpst ins Gras, ich hole sie mir. Sie heißt die "Gute Luise" und schmeckt zuckersüß, der Saft tropft mir aus dem Mund. Da, wo wir meinen Hamster und unsere erste Katze begraben haben, riecht es nach der Pflanze mit den lila Blüten, ich glaube, sie heißt Heliotrop. In den Beeten sind bunte Glaskugeln, in denen sich Blumen und Bäume, Wolken und Himmel spiegeln. Wenn ich mich vor eine Kugel stelle, kann ich mich auch sehen, aber ich sehe

ganz komisch aus. Ich tanze und hüpfe hin und her
und laufe dann ganz schnell wieder in mein Versteck.

ICH wache schreiend auf. Der Gnom hat mich
wieder gezwungen, aus dem Fenster in die Tiefe
zu springen! Und wenn ich unten ankomme, tut
sich die Erde auf und verschlingt mich. Er lacht
dann so gruselig. Hier in meinem Bett sind ja auch
wieder Krümel! Mutter meint, das wäre Sand.
Und ich würde mich nicht ordentlich abduschen,
wenn wir vom Strand kommen. Sie weiß ja nicht,
was mir fast jede Nacht passiert! Jetzt trocknet sie
mir die Tränen und holt mir ein Glas mit warmer
Milch. Das nächste Mal will sie mit mir hinunter
springen. Dann helfen wir uns gegenseitig und
laufen ganz schnell nach oben.

ARNFRIED SADDAI

MEINE kleinen Schwestern, Zwillinge, warten brav auf mich. Jede trägt eine Haarschleife. Die eine links, die andere rechts. Ich erkenne sie an ihrer Stimme. Sie riechen so sauber. Ihre Händchen sind hell und weich. Ich bin der große Bruder. Die Mutter sagt immer: "Paß auf die Kleinen auf! Sei froh, daß du Schwestern hast!"

EISENBAHNFAHRT von Wuppertal nach Hagen, dritter Klasse. Meine kleinen Schwestern sitzen auf meinen Knien und schauen neugierig durchs Abteilfenster. Dunkle Rauchschwaden sausen rasch vorbei. Manchmal riecht es nach Ruß und Kohle. Aufmerksam achte ich auf die Stationsnamen, Oberbarmen - Schwelm - Milspe - Gevelsberg - Haspe - Hagen. Als sich im Haus der Tante die Wohnungstür öffnet, sieht mich meine Mutter verblüfft und ungläubig an. Ihre Augen werden naß. Sie beugt sich zu uns. "Wo ist Vati?" "Wir sind ganz allein gekommen." Die Geburtstagsgäste bewundern uns. Einige klopfen mir auf die Schulter.

ICH habe eine blaue Taube mit ihren rötlichen, streichholzdürren Füßen zwischen zwei meiner Finger. Großvater sitzt in dem Schlag neben mir und prüft Taubenringe. Morgen ist Preisfliegen. Meine Blaue fliegt auch mit. Vierzig Pfennig Einsatz gibt mir die Großmutter. Am Sonntag suche ich unermüdlich den Himmel ab. Da fliegt eine blaue Taube heran und hüpft in den Schlag. Es ist die Blaue. Zwei Mark sind mein Gewinn. Ich bin reich.

MEIN Großvater ist der Oberbrandmeister der Städtischen Feuerwehr. Aus Spaß stülpt er mir seinen Helm über, der blank wie Gold ist und hinten eine schwarze Lederschürze hat. Um mich herum wird es dunkel. Ich rieche Leder und Schweiß, stehe regungslos und still. Ich habe Geburtstag und darf in einem roten, glänzend polierten Spritzauto sitzen. Großvater kommt, seine Hände hinter dem Rücken. Er beugt sich zu mir, und plötzlich habe ich einen blanken Feuerwehrhelm auf dem Kopf. Er paßt.

BÄCKER Rebensburg hat seinen Laden in der Nähe vom Haus der Großeltern. Seine frischen Rosinenbrötchen kosten zehn Pfennig. Ich kann sie durch die Scheibe sehen und riechen. Manchmal ist die Großmutter nicht daheim. Ich sage der Bäckersfrau: "Meine Großmutter bezahlt." Jeden Tag fragt die Großmutter die Bäckersfrau: "War mein Enkelkind hier?"

GROSSVATER sieht lustig aus, wenn er seine Schnurrbartbinde anlegt und mit Bändern hinter den Ohren befestigt. Mit einem kleinen, schmalen Kamm zwirbelt er seitlich die Bartenden. Ich sehe zu ihm auf. Vielleicht werde ich das später auch so machen. Aber dabei priemen werde ich nicht.

DER junge Hase liegt auf meiner Hand. Ich spüre seine Angst, streichle sein weiches Fell. Sein Herz pocht ruhiger. Großvater hat ihn mir geschenkt. Bald wird mich der kleine Möhrenfresser mögen.

CHARLOTTE wohnt im Nebenhaus, Parterre. Wir haben den gleichen Schulweg. Ich helfe ihr manchmal bei den Schularbeiten. Sie fragt: "Willst du mein Freund sein?" Ich nicke. "Dann mußt du mich küssen und Cherie zu mir sagen!" Mir wird heiß, ich weiß, daß ich einen roten Kopf habe.

Plötzlich küßt mich Cherie auf den Mund. Ich wische mit dem Handrücken darüber. Am nächsten Tag drückt sie mir einen Perlenanhänger in die Hand. "Das sind Liebesperlen! Wir beide sollen sie tragen, zum Zeichen, daß wir Freunde sind." Ich habe Angst, daß Cherie nun ein Baby bekommt.

ES ist heiß. Ich hüpfe zum Wasserhahn am Ende vom Garten. Da sehe ich meine Mutter in einem Bottich nackt unter der Gartendusche stehen. Ihre nassen Haare liegen wie Schlangen auf ihrer Schulter. Noch nie habe ich meine Mutter so gesehen.

VOR dem Haus liegt ein Stapel Scheite aus frischem Holz. Es riecht nach feuchter Erde und Harz. Meine Backen brennen, die Finger sind kalt. Der Wind bläst mir stechend ins Gesicht. Es wird dunkel. Ich rieche den kommenden Schnee.

"JUNGE, was willst du einmal werden?" Ich höre die Frage immer wieder. "Schornsteinfeger oder Lokomotivführer?" Ich hasse es. "Pilot oder Bankier", sage ich trotzig. Ich schaue in erstaunte Gesichter. Manchmal lachen sie. Das ärgert mich.

URSULA SCHUBERT-MÜLLER

MUTTI steigt den Abhang hinauf. Sie ist gleich oben. Ihr rotes Kleid leuchtet in der Sonne. Meine Schuhe sind voller Schlamm.

MUTTI steht auf der Wiese im Wald. Jetzt hebt sie die Arme über den Kopf, der geht ganz langsam mit den Armen nach hinten. Jetzt beugt sie ihre Knie, streckt sich weiter nach hinten, zuerst berühren die Hände den Boden, dann der Kopf. So bleibt sie eine Weile, sie macht die Brücke. Geht dann wieder nach oben, springt auf und lacht.

DAS Ding hüpft hin und her auf der Mitte vom Seil. Mutti spielt schon wieder mit dem Diabolo. Es wird schneller und schneller. Jetzt fliegt es hoch. Immer höher und höher. Kommt langsam wieder näher und fällt wieder aufs Seil. Mutti beginnt den Tanz mit ihm von Neuem. Ob es mal oben bleibt?

ICH schaue mit Mutti zum Fenster 'raus. Auf einmal zündet sie sich eine Zigarette an und hält mir auch eine hin. "Du mußt den Rauch einfach kurz im Mund behalten und dann wieder langsam herausblasen, dann verschluckst du dich nicht." "Und, hat das geschmeckt", fragt sie. Ich kann nur den Kopf schütteln. „Sie kosten Geld und machen Pickel", sagt Mutti. Irene soll nur kommen, morgen in der großen Pause.

ICH stelle mich auf Vatis Pantoffel, und er läuft mit mir durch den ganzen, langen Flur. Dabei singen wir: "Tanz´ noch einmal Schanghai-Dudel mit mir." Es ist schwer, mich auf den Pantoffeln zu halten.

UNTEN in unserem Küchenschrank steht eine schwarze Pfanne. Damit macht Vati immer Bratkartoffeln. Schön braun läßt er sie werden. Das schmeckt uns, und Mutti turnt.

VATI steht am Küchentisch. Er schmiert Butter auf die Brotscheiben und schneidet sie in Stücke. Jetzt schält er ein Ei, legt es in die Vertiefung von dem weißen Ding, drückt den Deckel mit den vielen Drähten drauf und hat lauter Scheiben. Die legt er auf die Brotstücke, nimmt aus der kleinen Büchse, auf der „Sardellen" steht, ein paar heraus und legt sie auf das gelbe Dotter vom Ei. Dann kommen diese Stücke auf die Platte. Da liegen noch mehr und drum herum grüne Salatblätter, Tomaten mit Fleischsalat drin, und jetzt sehe ich auch den Schweizer Käse. Es klingelt. Vati macht auf. Er sagt: "Schön, daß ihr da seid, kommt 'rein." Die Tür zum Schlafzimmer quietscht und geht ein bißchen auf. "Ich bin gleich fertig", sagt Mutti. Ihre Stimme klingt komisch.

VATI schließt die mittlere Tür in seinem Bücherschrank auf. Sein Finger fährt an einem Regal lang und hält an. Er zieht ein Buch 'raus. "Hier, 'Das Pfarrhaus zu Tannrode', weil ihr doch gerade die Reformation durchnehmt." "Vati, ich möchte auch aus der Kirche austreten, wie du." "So eine wichtige Entscheidung kannst du erst mit vierzehn Jahren treffen." Es klingt aber, als wäre ich schon so alt und das ist so schön. Der Rohrstock steht immer noch in der Spalte zwischen Schrank und Wand.

DER Bus hält. Tante Ella steht an der Haltestelle mit dem Leiterwagen. Ich steige vorsichtig die hohen Stufen vom Bus hinunter. Vor der letzten Stufe steht Tante Ella. Sie umschlingt mich mit beiden Armen. Sie zittert am ganzen Körper. Sie weint und schluchzt und ruft: "Meine Ursel, meine Ursel, meine Ursel, meine Ursel." Es hört nicht auf. Es ist wie immer. Endlich läßt sie mich los. Ich stelle meinen Koffer auf den Leiterwagen. „Ich habe Heidelbeeren für dich gepflückt", sagt Tante Ella. Jetzt sind Ferien.

"MAUSEL komm', ich zeig' dir, wie man eine Schleife bindet", sagt Opa. Er legt eine Zeitung über den Holzschemel, und ich stelle meinen Schuh drauf. Opa schlingt die beiden Enden der Schnürsenkel ineinander, zieht daran, der Senkel liegt auf meinem Schuh und die Enden hängen auf beiden Seiten runter. Jetzt macht er die erste Schlinge für die Schleife, hält sie fest, legt die andere Hälfte vom Senkel über seinen Daumen und die Schlinge: „Guck, Mausel, die kriegt jetzt einen Gürtel", steckt das andere Ende durch diesen Gürtel, zieht es 'raus und die Schleife sitzt auf meinem Schuh. "So, Mausel, probier' es auch." Er weiß nicht, daß ich gestern die Schleife bei Tante Ella gelernt habe.

NEBEN der Küchentür, oben an der Wand, ist ein Fenster. Wenn ich den Tisch drunterschieben und draufsteigen würde, könnte ich in unsere Abstellkammer gucken. Die ist sehr dunkel. Sie heißt bei uns Gewölbe. Mutti hat mich immer 'reingeschoben, wenn ich geschrien habe, hat Oma mir erzählt.

HEUTE ist der letzte Ferientag. Ich gehe nochmal in den See. Jetzt macht Vati endlich zwei Korkstücke aus der Weste 'raus.

DIE Straße ist noch leer, und ich bin allein mit Klaus. Gleich fängt das neue Jahr an. Da soll ich aufs Gymnasium. Er packt seine Knallfrösche aus.

ES ist eine Gittertür und hängt vor unserer Kellertreppe. Wir stellen uns drauf und schwingen hin und her. Die Luft ist kühl und riecht nach Kohle. Mein Herz klopft, es kribbelt in mir, ich bin gerne neben Gottfried. "Marsch, runter vom Gitter", ruft die Frau von gegenüber.

"DU bist ja in den Frank verknallt", ruft Traudel. Ich werfe ihr den Hausschlüssel an den Kopf. Sie steht ganz still. Der rote Fleck auf ihrer Stirn wird immer größer. Frank steht am Fenster.

GLEICH kommt Helga. Dann machen wir Schularbeiten. Ich freue mich auf den Kuß, wenn sie Frank spielt.

RENATE RAUCH

OMA und Opa sind zu Besuch. Es ist mein siebter Geburtstag. Wir wollen zusammen im Garten sitzen. Oma soll sich in den neuen Liegestuhl legen. Jürgen und ich freuen uns diebisch. Wir sind gespannt, was passiert, wenn Oma sich hinlegt. Wir haben heimlich den Stock aus der Bespannung gezogen. Das Segeltuch liegt nur locker auf.

DER kleine, alte Mann im Nachbargarten ist lustig. Wir dürfen ihm beim Rasensprengen helfen. Er hält den Schlauch, wir sollen den Wasserhahn aufdrehen. Er geht nicht, rufen wir. Der alte Mann schaut in den Schlauch. Jetzt geht er doch. Er wird patschnaß.

HEUTE ist Jürgens Geburtstag. Das Geschenk soll noch kommen. Tante Elfriede ist unterwegs, es zu besorgen. Es ist Fliegeralarm. Endlich kommen Tante Elfriede und der Nachbar. Ganz außer Atem schleppen sie an einem Märklin-Baukasten-Schrank. Wir machen uns über die vielen Schubladen her und lauschen dem Abenteuer des

Schranks: Tante Elfriede und Herr Walter trugen den Märklinbaukasten die Straße entlang. Die Straßenbahn fuhr nicht mehr. Als die Tiefflieger kamen, waren sie gerade am Lager der Russenweiber. Die riefen sie herein und retteten ihnen das Leben.

TOTENSTILLE auf der Straße. Die Sirenen haben aufgehört zu heulen. Jürgen und ich haben die Straße für uns allein. Wir spielen Fangen und warten auf Mutti. Die Bomber kommen näher. Der Luftschutzwart, Herr Walter, schreit uns an, wir hätten nichts auf der Straße zu suchen. Macht, daß ihr in den Keller kommt. Ein furchtbarer Knall. Heulend rennen wir hinunter zu den hokkenden Gestalten.

DER Himmel ist rot, die Engel backen nicht Plätzchen. Frankfurt brennt.

WIR helfen beim Plätzchenbacken. Mutti, in Kopftuch und Schürze, knetet energisch den Teig. Jürgen und ich sitzen am Küchentisch. Wir stechen Zimtsterne aus. Mutti schiebt das fertige

Blech in den Ofen. Dann streichen wir den zuk-
kerklebrigen Eischnee auf die heißen Plätzchen.
Ich glühe vor Eifer und Stolz.

WIR spielen Doktor. Lilo nackt auf dem Tisch im
Kinderzimmer. Wir sind gerade bei der Untersu-
chung zwischen den Beinen angelangt, als Mutti
hereinstürzt und uns entsetzt auseinandertreibt.

NACHTS scheint   Licht unter der Schiebetür
durch. Mutti muß arbeiten.

AM schönsten ist es, wenn ich zu Mutti ins Bett
krabbeln darf. Jürgen darf auf die andere Seite.
Jeder hat einen Arm und ein Bein von Mutti für
sich.

MUTTI wuchtet das Bett hoch und verstaut es in
der Wand. Jetzt haben Jürgen und ich Platz zum
Spielen.

MUTTI freut sich. Wir haben Heißhunger auf Leberwurstbrot. Die Masern sind überstanden.

ICH stehe mit Jürgen vor dem Brentanobad. Jürgen hat nur noch einen Schuh an. Er heult, und ich habe Angst. Was wird Mutti sagen, wenn wir nach Hause kommen?

MUTTI spricht nicht mehr mit mir. Eher sterbe ich, als daß ich klein beigebe. Wenn ich tot bin, wird es ihr leid tun. Meistens gibt Mutti zuerst nach, bittet um Entschuldigung.

MANCHMAL bringe ich Mutti zur Weißglut. Dann weiß sie nicht mehr, was sie tut und schlägt auf mich ein wie von Sinnen. Hinterher tut es ihr leid.

WIR tappen im Dunkeln. Die Augen müssen sich an das funzlige Rotlicht gewöhnen. Papas Fotos von der Front schwimmen im Fixierbad. Mutti bewegt die weißen Blätter mit einer Zange hin und her. Langsam zeichnen sich Schatten ab. Sie werden zu Soldaten mit Gewehren, Soldaten an einer Schießkanone und Soldaten an einer Gulaschkanone. Und auf den Bildern schwebt wie ein Geist Jürgen mit seinem Luftballon.

PAPA packt seinen Koffer. Ich weine und sage: "Ich will nicht, daß du schon wieder weggehst." Papa sagt ganz traurig: "Ich würde ja auch viel lieber hierbleiben. Aber ich muß doch in den Krieg."

ARMES Kind, hast keinen Papa mehr. Er ertrank im Meer bei der Schlacht um Kreta. Papas Kriegskamerad sitzt bei Mutti in der Küche. Der Krieg ist vorbei. Er war seit 1941 als Kriegsgefangener in England gewesen. Er erzählt die Geschichte seiner wunderbaren Rettung. Die Tommies, ihre Gegner, hatten ihn aus dem Meer gefischt, ihn auf ihr Kriegsschiff hinauf gehievt. Er sah noch, wie Papa auch auf das Schiff zu schwamm. Aber er geriet in die große Schiffsschraube und wurde von ihr zermalmt. Wir wollen es nicht glauben.

WIR sind in den Ferien bei Oma und Opa zu Besuch. Oma ist müde von der Arbeit im Milchladen. In der Mittagspause schläft sie auf dem Kanapee in der Küche. Abends schläft sie über der Zeitung am Küchentisch ein.

OPA sitzt nach der Arbeit auf dem Kanapee. Er raucht gemütlich Pfeife und trinkt Pfälzer Wein. Oma hat das gar nicht gern. Sie krakeelt wieder. Und Opa wird immer lustiger.

OMA beschwert sich über Opa: Er schlägt in der Nacht um sich, im Traum spielt er Karten mit seinen Stammtischbrüdern.

DER Gießener Großvati hat eine goldene Taschenuhr. Er zieht sie an der schweren Kette aus der Tasche, bläst auf den Deckel, die Uhr öffnet sich wie von Geisterhand. Ich darf auch blasen.

GROSSMUTTI steht auf einem Stuhl vor dem Schrank. Sie streckt sich und greift nach einem

Einmachglas. Das Glas fällt ihr auf den Kopf und zerspringt. Blutrote Soße läuft ihr über Haare und Gesicht. Ich stehe starr vor Schreck und wage nicht zu lachen.

ICH bin krank und habe Angstträume. Ich kann nicht mehr in die Schule gehen. Auf dem Weg zur Schule arbeiten die Russen. Lilo hat gesagt Russen fressen kleine Kinder.

ZERLUMPTE Gestalten mit Kopftüchern, nackte Füße im Schnee. Kinder rennen johlend hinter ihnen her, rufen Russenweiber, Polacken, Hexen. Ich gröle mit.

SONNTAGSSPAZIERGANG im Steinbacher Hohl. Bombengeschwader im Anflug. Wir kauern in der Eisenbahnunterführung. Jürgen heult schon wieder. Mutti sagt, Jungen weinen nicht. Nimm dir ein Beispiel an deiner tapferen Schwester. Ich beiße die Zähne zusammen.

ICH kämme und frisiere so gern und möchte einmal Friseuse werden. Meine Babypuppe ist süß und knuddelig. Aber sie hat keine Haare. Jürgen hält ganz still, als ich ihm die Haare schneide. Mutti stürzt herein. Sie ist entsetzt über Jürgens Stoppelkopf.

MIT Jürgens Lederhose kann ich auf den Pflaumenbaum klettern. Warte nur, wenn ich ein großer Junge bin! Dann kannst du was erleben!

ICH kann schon Fahrrad fahren. Auf Muttis Fahrrad fahre ich hoch-in-die-Luft.

ICH wohne jetzt bei den Großeltern und Tante Annelene in Gießen. Mutti wurde mit ihrer Schule evakuiert. Sie hat nur ein Zimmer bekommen. Da war kein Platz mehr für mich, und Mutti sagt, sie ist froh, daß die Großeltern mich zu sich nehmen. Ich stehe heulend vor einem Schaufenster und finde die neue Schule nicht. Tante Annelene kommt vorbei und sagt: "Du Dummchen, jetzt müßtest du den Weg doch wirklich allein wissen." Viel zu spät komme ich in die Klasse. Herr Biedenkopf schaut von seinem Pult auf mich herunter und sagt etwas.

Die Klasse johlt. In der Pause stehe ich heulend in
einer Ecke. Niemand spielt mit mir.

ICH möchte so gern Klavierspielen lernen. Wie
meine wunderschöne Tante Annelene will ich
einmal spielen. Sie hat einen Flügel im Salon und
kann auch singen. Mutti sagt, sie hat eine Gieß-
kannenstimme. Onkel Willi oder Onkel Bernhard
oder Onkel Iwan begleiten sie auf dem Flügel. Wir
haben kein Klavier. Großmutti sagt, es steht eins
für mich irgendwo in einem Schuppen. Hoffentlich
ist es bald da.

ICH sitze auf Herrn Hüters Schoß. Herr Hüter ist
so nett und lustig und hat immer eine so schöne
Mütze auf. Er ist einer von Muttis Notabiturien-
ten. Er war auch im Krieg wie Papa. Tante Elfriede jagt mich von seinem Schoß. Sie sagt. "Mit elf
Jahren bist du wirklich zu alt für so etwas."

ELFIE REIMER

MEINE Mutter steht am Herd, auf dem in einem großen Topf dunkler Brombeersaft kocht. Sie trägt eine bunte Schürze. Ihre Haare sind unter einem weißen Kopftuch versteckt. Immer wieder prüft sie, ob der Gelee fest genug ist, dann tut sie ein Löffelchen davon auf einen Teller. Ich darf den Teller ablecken.

ICH schaue zu, wie meine Mutter mit einem langen, dicken Holzstab große, dampfende Wäschestücke aus dem Waschkessel hebt. Sie klatscht ein nasses Bettuch nach dem anderen auf das Waschbrett über dem großen Waschbottich. Dann schrubbt sie jedes Teil gründlich mit einer Bürste. Die nassen Haare kleben ihr auf der Stirn. Die Waschküche ist voller Dampf, und es riecht nach Waschlauge, Seife und Schweiß. Ich renne hinaus und atme die frische Luft.

GANZ oft darf ich meine Mutter in den Hutsalon begleiten. Dort probiert sie stundenlang Hüte an: große, kleine, mit aufgeschlagenem Rand, mit

Schleier und am liebsten mit Stoffblumen. Der Haarknoten in ihrem Nacken fällt manchmal auseinander, dann steckt sie ihn mit einer Haarnadel wieder fest. Ich muß auf dem Hocker sitzen und bin froh, wenn sie sich endlich für einen Hut entscheidet. Meistens setzt sie den neuen Hut gleich auf, und dann bekomme ich ein Eis.

MUTTER hat das Radio eingeschaltet. Es ist spät abends. Die Fenster sind verdunkelt. Sie sitzt ganz dicht vor dem Apparat und wartet. Dann ertönt das dumpfe Ta - ta - ta - taaa aus dem Lautsprecher. Mutter dreht die Lautstärke herunter und hört angestrengt zu. Meldungen aus London, wie sie sagt. Als Vater ins Zimmer kommt, schaltet Mutter das Radio aus.

MUTTER sitzt auf meinem Bettrand. Ich habe Fieber. Der nasse Waschlappen ist schön kalt auf meiner Stirn. Dann reicht sie mir einen Löffel mit Medizin. Es schmeckt scheußlich. Sie zupft am Kopfkissen und zieht die Bettdecke fest bis unter mein Kinn. "Du mußt tüchtig schwitzen, damit du ganz schnell wieder gesund wirst", sagt sie. Dann eilt sie hinaus in die Küche.

VATER ist zu Hause. Es riecht nach Zigarren. Ich langweile mich und möchte gerne mit jemandem reden. Heimlich schleiche ich mich zum Zimmer meines Vaters und beobachte ihn durch den Türspalt. Er geht im Zimmer auf und ab. Er sieht mürrisch aus. Seine Strickjacke ist falsch geknöpft und die rote Schleife ist schief gerutscht. Manchmal bleibt er stehen, nimmt einen Zug aus seiner Zigarre und bläst dicke Rauchwolken in die Luft. Bevor die weiße Asche abfällt, trägt er die Zigarre vorsichtig zu dem großen Aschenbecher auf dem Schreibtisch. Dann setzt er sich in seinen Sessel und raucht weiter. Ich weiß, daß ich ihn nicht stören darf.

ICH besuche die blinde Großmutter. Wenn ich das Zimmer betrete, richtet sie sich in ihrem Bett auf und streckt mir die Hände entgegen. Ihre Augen blicken starr zur Decke. Ich habe Scheu, näher zu treten. Mutter gibt mir einen leichten Schubs. Dann spüre ich, wie die steifen, kalten Hände der Großmutter mein Gesicht berühren. Ich möchte weg, traue mich aber nicht. Das Parfum meiner Mutter ist das einzig Vertraute in dem fremden Raum.

AUF dem Speicher steht eine alte Truhe. Wenn ich allein zu Hause bin, schleiche ich manchmal die Treppe hinauf auf den Dachboden. Die Tür ist schwer und knarrt entsetzlich. Oben ist alles vollgestellt mit kaputten Tischen und Stühlen und Bildern, und es ist immer düster. Die Luft riecht ganz merkwürdig. Ich kann kaum atmen. Das Fenster ist zu hoch, ich kann es nicht aufmachen. Die Truhe steht in einer Ecke, wo das Dach ganz schräg ist. Auf ihrem Deckel liegt viel Staub, und zerrissene Spinnweben hängen darüber. Ich mag Spinnen nicht. Es ist eine sehr alte Truhe, und das eiserne Schloß ist verrostet wie bei einer Schatzkiste. Ich will wissen, was in der Truhe ist. Immer wieder versuche ich, den schweren Deckel zu öffnen, aber ich schaffe es nicht. Mutter sagt, daß ich gar nichts auf dem Speicher verloren habe.

ICH bin allein zu Hause. Auf der Straße höre ich die Kinder lachen und toben. Ich laufe zum Schlafzimmerfenster. Es ist kalt im Zimmer. Dicke Eisblumen sind unten am Fenster gewachsen. Ich hauche auf die Scheibe, um ein kleines Loch zu machen, durch das ich den Kindern zusehen kann, wie sie mit ihren Schlitten den Abhang hinunter rodeln.

ES ist schon dunkel draußen. Mutter öffnet die Tür des Küchenherdes, in dem die Holzscheite knistern und kleine, gelbe Funken sprühen. Ein roter Lichtschein fällt auf den Küchenboden. Mutter sitzt auf ihrem Küchenstuhl und schaut dem Feuer zu. Dann fängt sie an zu singen. Lustige Lieder und auch traurige. Ich klettere auf ihren Schoß und weine.

VOR mir steht ein großer Teller mit Spinat. Auf dem grünen Spinatbrei schwimmt ein gelber Dotter in einer wabbeligen Eiweißpfütze. Mir wird schlecht. Ich klatsche den Löffel in den Spinat und renne aus der Küche.

BRIGITTE RAAB

WIR haben Einquartierung bekommen, zwei ältere Damen mit einer gelähmten Freundin. Fräulein Wilde sagt, im Keller ihres ausgebombten Hauses sei sicher noch Eingemachtes zu finden. Zum Nachschauen nimmt Papa mich mit. Ich suche und finde ja so gerne. Vom Haus ist nur noch ein großer Berg aus Sand und Steinen übrig. Aber Papa weiß, wo der Eingang zum Keller ist. Mit Spaten und Schaufel graben wir, bis wir ein Loch freigelegt haben, durch das ich mit einer brennenden Kerze in den Keller kriechen kann. Da stehen die Gläser tatsächlich, und ich kann sie Papa hinausreichen, bis der Korb auf dem Leiterwagen voll ist. Auch heiles Porzellan ist da, zwei Tassen und zwei Hyazinthengefäße aus dickem, weißen Porzellan, von herabgestürzten Balken nur leicht angeschwärzt. Solche habe ich noch nie gesehen. Bei uns sind die Hyazinthen in Gläsern. Später bin ich noch öfter in den Keller gekrochen, bis er leer war.

PAPA und ich laufen vom Haus der Großeltern über die Felder ins nächste Dorf. Papa geht voran. Er macht große Schritte. Ich komme kaum nach.

Er trägt einen schweren Rucksack. Mama hat ihm Handtücher und silbernes Besteck mitgegeben. Er will versuchen, die Sachen gegen Kartoffeln oder Eier zu tauschen. Beim ersten Haus gehen wir in den Hof hinein. Der Hund bellt. Die Haustür ist nicht verschlossen, aber es ist niemand da. Der nächste Bauer läßt uns nicht rein. Er steht in der Hoftür und schüttelt nur den Kopf. Beim dritten Haus kehrt eine Bäuerin die Straße. Papa zeigt ihr die Sachen. Sie braucht nichts, sagt sie, sie habe schon genug Bestecke. Wenn wir einen Teppich hätten, den hätte sie noch gebrauchen können. Aber dann bittet sie uns in die gute Stube, und bringt für jeden von uns einen Teller mit drei Spiegeleiern. So viele Ochsenaugen auf einmal habe ich noch nie gegessen.

WIR haben ein Mädchen aus der Ukraine bekommen. Sie soll Mama helfen. Clawa spricht fast kein Deutsch, aber sie ist lustig, macht viele Spiele mit uns. Meinen kleinen Bruder mag sie besonders gern, aber er ist ihr viel zu brav. So packt sie ihn immer mal wieder an einem Bein und einem Arm, schwingt ihn im Kreis und sagt dazu: "Großvatrr, ich werrde dirr tanzen." Helmut weint, er mag das gar nicht, aber mir hätte es gefallen.

ICH knie mit meiner Freundin gebückt im Wald auf der Erde. Es riecht muffig. Wir sammeln Bucheckern in ein Säckchen und unterhalten uns dabei. "Glaubst du, daß unsere Eltern auch sowas Unanständiges tun, nackt?" "Das glaub' ich nicht." Immer wieder schieben wir die raschelnden, braunen Blätter beiseite, suchen nach den kleinen, dreikantigen Früchten. Zu Hause pellen wir Bucheckern aus und Mama röstet sie in der Pfanne. Dann gehen die braunen Häute ganz leicht abzustreifen. Ich mahle die Früchte, und sie bäckt Plätzchen für Weihnachten daraus. Aber die meisten Bucheckern werden auf der Sammelstelle abgegeben. Für acht Pfund Bucheckern gibt es einen Liter Öl.

DIE Fahrt mit dem Bus zur Schule dauert lange und kostet 10 Pfennig. Das ist Papa zu viel. Darum soll ich ein Fahrrad bekommen, natürlich ein gebrauchtes. Wir schauen uns Räder an, aber es dauert lange, bis er eines kauft. Viele Teile sind verrostet. Helmut, mein vier Jahre jüngerer Bruder, der einzige Junge, bekommt danach ein neues, blaues Rad mit drei Gängen. Er kann noch nicht darauf fahren.

WIR alle haben Hunger. Jemand hat erzählt, daß die Amis im nahegelegenen Antoniusheim ihre Mahlzeiten nicht aufessen und viel wegschütten. Die Abfalltonnen stehen hinter dem Haus, bis sie für die Schweine abgeholt werden. Wir machen uns in der Dunkelheit mit einem Gefäß auf, um zu schauen, ob wir Eßbares finden. Im Haus brennt Licht, hoffentlich kommt niemand heraus. Wir finden die Blechtonnen mit großen Deckeln. Aber die Tonnen sind sehr hoch und noch fast leer. Papa kann ihren Inhalt nicht erreichen. Er hebt mich hoch, und ich lange in die stinkende Brühe, fühle Fleischbrocken und hole heraus, was ich fassen kann. Wir haben immer wieder Angst, daß jemand kommt. Zu Hause sehe ich, daß mein rechter Arm mit weißlichem Fett überzogen ist. Es riecht fürchterlich. Seife haben wir keine, so kann ich das Fett nur abschaben. Den schlimmen Geruch habe ich noch lange in der Nase. Mama kocht aus den Fleischresten eine Suppe. Ich mag nichts davon essen, obwohl ich Hunger habe.

WIR haben viele Hühner. Meine Lieblingshenne ist die dicke, braune Druschl. Sie ist *brütsi*. Jetzt hängt sie in einem Kartoffelsack im dunklen Heizungskeller und wer vorübergeht, soll sie schaukeln, damit sie das Brüten vergißt.

HEUTE ist Nikolaustag. Mama war zum Einkaufen in der Stadt. Ich helfe ihr beim Auspacken und finde ein einziges, kleines Würstchen. Das hätte ich so gerne, aber Mama sagt, das ist für Papa. Ich habe lange geübt, bis ich mein Gedicht für den Nikolaus auswendig kann. Mittags gehen wir alle durch den Wald zum Schützenhaus. Der große Saal ist voller Menschen. Alle warten auf den Nikolaus. Er kommt auf die Bühne, hat einen großen, gefüllten Sack und ein dickes Buch. Aus dem liest er Namen vor und sagt auch, ob sie lieb waren oder ob er sie vielleicht in seinen Sack stecken muß. Hansi fängt an zu schreien. Er wurde im vorigen Jahr in den Sack gesteckt. Dann ist Papa dran. Der Nikolaus liest ein Gedicht. Vor lauter Angst höre ich nur den Schluß: "Und ohne Gemogel ein Würstchen für den Papa Vogel."

MAMA wird nur ganz selten wütend. Einmal aber hat sie sich ganz doll mit Papa gestritten. Die Handwerker, die die Küche geweißt haben, waren gerade wieder weg. Da hat Mama den Aluminiumtopf genommen und hat ihn mit voller Wucht gegen die neue, weiße Küchenwand geschleudert. Der braune Malzkaffee hat bis zur Decke gespritzt.

MAMA trägt einen Knoten. Ehe sie ihn morgens macht, sieht sie aus wie Schneewittchen mit ihren langen, offenen Haaren. Ich finde sie wunderschön. Eines Tages kommt sie vom Einkauf aus der Stadt zurück. Helmut entdeckt sie zuerst und weint und schreit und hört gar nicht mehr auf: "Du bist meine Mutter nicht mehr!" - Mama hat sich die Haare schneiden und Dauerwellen machen lassen. Seit ihre Haare wieder gewachsen sind, trägt sie wieder einen Knoten.

WIR Kinder sitzen auf dem Bett im Heizungskeller. Mama und Papa sind auch da. Sirenen heulen, dann das Geräusch von Flugzeugen, das Haus wackelt. Ich habe geschlafen und werde wach, als Mama von draußen hereinkommt. Sie hat einen verbeulten Kochtopf auf dem Kopf. Die beiden Henkel sehen wie Ohren aus. In der Hand hält sie einen eckigen Stab, sagt, das sei eine Stabbrandbombe, die nicht losgegangen sei. Sie hat sie im Garten aufgelesen.

PAPA ist verreist. Mama muß die Mathearbeit unterschreiben. In Mathe bin ich nicht besonders, aber diesmal bin ich stolz. Ich habe eine Drei. Sie aber unterschreibt: "Gesehen und bedauert."

PAPA weint. Das habe ich noch nie erlebt. Schlimmes muß geschehen sein. Auch Mama hat verweinte Augen. Sie sagt, Opa sei ganz plötzlich gestorben. Es ist so leise im Haus. Wir alle sind sehr traurig. Nun wird mir niemand mehr Geschichten erzählen, niemand mehr die Namen von Pflanzen sagen, niemand mehr mich warm umarmen.

PAPA hat Geburtstag. Schon früh am Morgen sind wir Kinder fertig angezogen. Wir müssen ihn mit Singen wecken. Mama hat mit uns geübt. Wir singen *Viel Glück und viel Segen* als dreistimmigen Kanon. Es klingt gut. Dann muß jeder ihm einen Kuß auf die Backe geben. Aber das tu' ich nicht so gern. Papa riecht so komisch. Er streckt seine Backe hin, bläst die eine Seite dick auf, und wenn wir den Kuß draufgeben, läßt er die Luft aus seinem Mund. Es klingt wie ein Pups.

ICH fahre mit Papa zu den Großeltern in Franken. Der Bahnsteig in Wiesbaden ist voller Menschen. Als der Zug einfährt, drängen und zwängen sie sich alle gleichzeitig hinein. Papa bleibt außen stehen, hebt mich durchs Fenster ins Abteil. Es hat keine Scheiben mehr. Drinnen hebt mich irgendjemand ins Gepäcknetz. Umsteigen in Frankfurt und wieder Umsteigen in Würzburg. Dort ist Papas Heimat. Aber er findet sich nicht zurecht. Der Bahnhof ist zerbombt. Es wird Abend, bis wir endlich bei Opa und Oma eintreffen.

DICK von Läusen sind die Zweige der Ligusterhecke. Sie ist fast dreißig Meter lang. Alle ihre Blätter kräuseln sich. Papa sagt: "Du bist doch schon ein großes Mädchen, willst du mir helfen und die Hecke spritzen?" Er mischt mir die Spritzbrühe an und geht weg. Es ist windig. Der Wind weht mir's nass ins Gesicht. Hinterher kann ich tagelang kaum mehr atmen. Papa sagt: "Hab' dich nicht so, hab' dich nicht so."

ES riecht süßlich im ganzen Haus. Aha, Papa ist wieder krank. Wer von uns Kindern ihn wohl diesmal so geärgert hat? Er muß liegen. Mama muß bei ihm sein, muß seine entzündeten Beine mit einer stinkenden Paste einschmieren. Wir Kinder dürfen nicht stören, nicht reden, müssen ganz leise sein.

EHE er wieder in die Bibliothek geht, macht Papa seinen Mittagsschlaf. Er liegt auf dem Sofa im Wohnzimmer. Wir Kinder müssen dann ganz leise sein, müssen auf Zehenspitzen gehen, dürfen nur flüstern. Das vergessen wir oft. Dann kommt er schimpfend aus dem Zimmer, brüllt, daß wir ihn zur Weißglut reizen, daß wir keine Rücksicht kennen, daß wir es später im Leben mal schwer haben werden.

PAPA wird schnell zornig. Wenn ihm etwas nicht paßt, und das kommt häufig vor, bekommt er einen roten Kopf und brüllt ganz laut. Dann gehen wir ihm möglichst aus dem Weg, sonst fangen wir eine. Er haut meistens auf den Kopf, daß er wakkelt. Aber ich will nicht weinen, wünsche mir, Papa wäre auch im Krieg. Manchmal kommt er dann abends mit einem traurigen Gesicht und sagt, daß es ihm leid tut, daß ihm die Hand ausgerutscht ist.

ICH liege im großelterlichen Bett, versunken zwischen den dicken, plustrigen Kissen und dem Unterbett. Oma hat mir einen Schemel vors hohe Bett gestellt. Den Nachttopf im Nachtkastl habe ich nicht gebraucht. Aus der angelehnten Tür zur Küche riecht es nach Frühstück. Oma hat auf dem

Kohlenherd ihren kleinen Spirituskocher ange-
steckt, hat selbst geröstete Gerste in der Kaffee-
mühle gemahlen und macht einen leckeren Kaffee.
So gut schmeckt er nur bei ihr.

AUFS Klo gehe ich bei den Großeltern nicht gerne. Dort ist es eng und dunkel und stinkt. An seinem Ende, dort am Fenster, ist ein hölzerner Kasten mit einem runden Deckel. Wenn man den
aufhebt, stinkt es noch mehr. Scheint draußen die
Sonne, kann man unten die *Suppe* und das Papier
sehen. Ich habe immer Angst, ich falle in das
Loch. Zum Abputzen sind Buchseiten mit Haken-
kreuzen auf einen gebogenen Draht aufgespießt.
Das harte Papier tut weh am Po und wischt nicht
richtig ab.

ES ist Sonntag, Opa spielt die Orgel in der Stadt-
kirche. Ich kann von der Empore hinunter auf die
vielen Menschen in den Bänken schauen, es sieht
wie ein Acker mit Salatköpfen aus. Wenn Opa
spielt, darf ich ihm helfen, muß eine Stange run-
tertreten und damit Luft in die Orgel pumpen. Das
geht schwer, ich schwitze. Wenn ich es kurz vergesse, gibt die Orgel so einen komischen Ton von
sich, wie ein Stöhnen, da trete ich schnell wieder.

Wenn Opa mir hinterher über den Kopf streicht und mich lobt, bin ich sehr stolz.

IM Hause der Großeltern wird viel gebetet, morgens, abends, vor und nach dem Essen, vor und nach einer Reise. An Feiertagen darf nicht gearbeitet werden. Darum wundere ich mich. Als ich vom Karfreitagsgottesdienst zurück komme, riecht es im Haus so komisch. Großmutter steht in der Küche und kocht Fleisch in Gläser ein. "Hammelfleisch", sagt sie und schüttelt den Kopf, "ich habe ein schlechtes Gewissen, werde mir die Sünde nie verzeihen, daß ich am Karfreitag Fleisch koche." Ein Bauer hat dem Lehrer das Tier vorbeigebracht. "Es ist verendet", sagt Großmutter. Ich habe Hunger und freue mich auf das Essen.

DIE Zwetschgen sind reif. Oma hat ein ganzes Blech voll *Zwetschgenblotz* vorbereitet. Den bringen wir zum Bäcker. Im Laden müssen wir ein paar Stufen in die Backstube hinuntersteigen. Dort liegen auf Gestellen viele Brote, und es riecht wunderbar. Gegen Abend dürfen wir wiederkommen und den Kuchen abholen.

DIE Kornelkirschen in der Hecke sind reif. Dunkelrot und weich liegen sie auf der Erde. Erst jetzt darf ich sie auflesen und essen, hat Opa gesagt.

OMA holt ihr frisches Mehl immer in der Mühle. Ich darf sie begleiten. Die großen Mühlräder rumpeln entsetzlich. Ich halte mir die Ohren zu. Überall stehen weiß bestaubte Säcke, auch der Fußboden und selbst der Müller ist voller Staub. Es dauert ein Weilchen, bis Oma ihr Mehl hat. Ich stehe daneben, bekomme immer weniger Luft, kann kaum noch atmen. Wach werde ich erst wieder, als ein fremder Mann eine Spritze wegpackt und etwas von Asthma sagt.

OPA geht mit mir zu seinem *Baumeland.* Es ist heiß, er muß sich dauernd den Kopf wischen. Haare hat er keine mehr. Seinen hellen Strohhut hat er abgenommen und ihn mit einer Klammer vorne auf seine Brust gehängt. Er zeigt mir kleine runde Birnen. Die habe ich noch nie gesehen. Sie sind innen braun, ganz weich und schmecken wie süßer Pudding. Er nennt sie *Meckerle* und sagt, der Baum müsse jetzt abgeleert werden. So fahren wir anderntags mit großen Körben auf dem Leiterwagen hinaus. Er legt die Leiter an, und ich darf die Birnen in den Korb legen. Auch Äpfel pflückt er. Aus denen, die runtergefallen sind, macht er Most. Ich darf das erste Glas versuchen. Wespen schwirren herum.

OPA geht mit mir über die Felder. Wir wollen einen bunten Herbststrauß für Oma pflücken und finden rote Hagebutten, Pfaffenhütchen, grüne Ligusterzweige und gelbe Zweige vom Faulbaum. Es wird ein schöner Strauß. Ein Feld ist mit Stacheldraht eingezäunt. Daran hängen viele Wollflocken. Wir haben keine Tasche dabei, so stopfe ich Opa alle seine Jackentaschen damit voll. Fräulein Völler wird sie in der Handarbeitsstunde auf ihrem Spinnrad zu einem Faden verspinnen, dann kann ich meiner Puppe endlich ein Röckchen häkeln, hoffentlich langt's.

ICH habe ein Brüderchen bekommen. Mama hat keine Zeit mehr für mich. Alle Besucher schauen nur in seinen Wagen. "Ist der süß" und "endlich ein Stammhalter", sagen sie. Mich sehen sie gar nicht, schauen auch nicht in meinen Puppenwagen, dabei liegt doch mein Kind, mein weicher, schwarzer *Nuppi* drin. Ich kann den Hasen kaum im Wagen halten. Er will immer 'raushüpfen.

WENNKÖRSCHTNDU, fragen mich die Kinder in der neuen Schule in Franken. Sie stehen auf dem Hof um mich herum. Ich verstehe sie nicht. Da fragt ein Mädchen ganz langsam und deutlich: "Wem gehörst du, wer sind deine Eltern und Großeltern?" Seit sie wissen, daß ich die Enkelin von Oberlehrer Hofreuther bin, sind sie sehr freundlich zu mir. Am Abend darf ich mich mit ihnen anstellen für die große Schaukel im Schulhof. Viele Kinder haben darauf Platz. Sie schwingt starr vor und zurück.

PAPA ist nicht zu Hause. Mama hat den schweren Samuel aus Gips auf den Leiterwagen gelegt und gesagt, ich soll ihn in den Bombentrichter im Wald kippen. Dabei weiß ich doch, daß Papa den Samuelkopf so gerne mag. Ich fahre mit dem Leiterwagen hinüber zum Wald. Meine kleinen Geschwister trippeln hinter mir her. Auf der Straße, noch weit vor dem Bombenloch, lupfe ich den Leiterwagen, der Samuel rutscht runter und zerbricht in lauter kleine, weiße Stücke. Wir Drei nehmen uns Stücke und malen damit auf die Straße. Bruder und Schwester malen Häuschen, Sonne und Blumen, ich male die Kästchen für einen schönen Hickel und fange zu hüpfen an.

BOMBENTRICHTER sind interessant. Fast immer kann ich dort was finden., besonders, wenn ein Haus getroffen wurde. Neulich fand ich im Dreck einige silberne Gabeln und brachte sie stolz mit nach Hause. Papa aber schimpft mich aus. Ich würde immer trödeln. Schlimmer war, daß er ärgerlich war und sagte, ich solle die Gabeln sofort zurückbringen, sie gehörten nicht uns. Aber an dem großen Loch ist doch niemand. Und Hans soll die Gabeln, die ich zuerst gesehen habe, auf keinen Fall finden. Von Granatsplittern habe ich schon eine ganze Menge, aber die brauche ich nicht zurückbringen.

ICH darf Papa in der Bibliothek besuchen. Das schönste an seinem Büro ist der Drehstuhl. Auf den darf ich mich setzen, dann dreht er mich, mal rechts herum, mal links herum, bis mir schwindlig ist.

ICH habe mir ein Brett hoch in den Apfelbaum geschafft, es quer gelegt und sitze zwischen den Zweigen und lese, ganz versteckt. Papa sucht und findet mich und sagt, ich solle runterkommen. Aber ich mag nicht. Rühre mich nicht von der Stelle. Er wird wütend und immer wütender. Ich

habe jetzt aber Angst und traue mich nicht mehr
runter. Schließlich geht er, und den ganzen Nachmittag schaut niemand mehr nach mir. Ich habe
Hunger und Durst. Als es dunkel wird, steige ich
runter. Mama und Papa sind nicht da, aber in der
Küche steht ein Teller mit Broten.

DER Schulweg ist gefährlich. Immer wieder
kommen Tiefflieger. Manchmal schießen sie sogar. Ich habe Angst, renne unter einen Baum und
lasse mich fallen. Hoffentlich sieht er mich nicht.
Über mir dreht das Flugzeug seine Runden.
Manchmal spritzt Erde auf, wenn geschossen
wird. Beim Liegen sehe ich in der Nähe eine Birne. Sie schmeckt köstlich. Endlich dreht er ab, und
ich kann weiter.

DER Heimweg von der Schule führt über die Felder. Unter den Bäumen gibt es manchmal Fallobst,
dann kann ich mich sattessen, und manchmal sogar ein paar Kartoffeln mit heimbringen, wenn die
Bauern gerade beim Ausmachen sind. Neulich habe ich dort auf dem Feldweg meinen ersten, weißen Luftballon gefunden. Ich war ganz stolz. Als
ich ihn Mama zeige und ihn aufblase, reißt sie ihn
mir vom Mund und wirft ihn in den Mülleimer.

ES riecht nach Blut und tropft rot in den Schnee, ist kurz vor Weihnachten. Ich halte meinen lieben schwarzen Nuppi an den Hinterbeinen. Papa will ihm das Fell ausziehen und zieht so fest, daß ich fast umfalle. Mit dem großen Waschkochlöffel hat er meinem Hasen einen Schlag auf den Kopf gegeben, bis er sich nicht mehr gerührt hat. Das Fell wird in Salz gepackt. So soll es sich halten. Ich muß weinen, und wieder sagt Papa, "Hab' dich nicht so".

DRAUSSEN regnet's. Ich sitze im Wohnzimmer und lese. Mama kommt herein und schimpft, daß sie denn den ganzen Abwasch alleine machen muß. Ich helfe nicht gerne in der Küche.

SCHUHE gibt's keine. Ich laufe barfuß, schon den ganzen Sommer lang, bin stolz, daß ich sogar über Stoppelfelder laufen kann. Ich stopple mit Mama Roggen- und Weizenhalme. Was wir gefunden haben, reicht bald für einen Backes. Ich freue mich schon darauf.

ZU Fräulein Kraft gehe ich nicht gerne. Ihr Zim-

mer mit den hohen Fenstern gefällt mir und auch
der Flügel ist schön. Die Melodien, die sie vor-
spielt, mag ich sehr. Aber sie ist sehr streng. Sie
haut mir immer auf die Finger, wenn ich mal falsch
spiele, und sie bedankt sich nicht einmal dafür,
daß ich ihr Holzscheite für ihren Ofen mitbringe.

"KLEINE Kinder haben nichts zu wollen," sagt
Papa. Dabei möchte ich so gerne, wie die anderen
Kinder, lange Haare und Zöpfe haben, aber Mama
muß mir wieder einen Bubikopf schneiden. Brigitte möchte ich auch nicht mehr heißen. Wer
meinen Namen hört, sagt ganz bestimmt danach
das blöde Wort: "Brigitte nimmt Ullstein-Schnit-
te".

MAMA ist krank, hat offene Beine und muß liegen. Vom Wohnzimmersofa aus sagt sie mir, was
ich tun soll. Ich mache das Essen, hole Tomaten
und Gurken aus dem Garten und koche noch
Kartoffeln dazu. Ich koche gerne, aber daß Helmut und Jutta schon lange vor dem Essen in der
Diele sitzen, mit dem Besteck pausenlos auf Tisch
und Teller klopfen und dazu sagen wir haben
Hunger, Hunger, Hunger, mag ich nicht.

GESTERN früh haben die Männer die Wiese gemäht. Mittags habe ich geholfen, das Gras mit dem Rechen umzudrehen. Jetzt ist es trocken, und sie werfen das Heu mit der Gabel auf den Wagen, bis es hoch aufgetürmt ist. Zum Schluß heben sie mich hinauf, mitten auf den Heuberg. Die Halme knistern. Es riecht so gut. Die Pferde ziehen an. Ich sinke immer tiefer hinein.

DIE Geschütze sind dageblieben, aber die Soldaten, die sie auf dem Berg über der Stadt bedient haben, sind alle fort. Sie sollten die Stadt vor feindlichen Fliegern schützen. Ich rutsche mit Hans in die wassergefüllte Grube. Dort unten stehen die Maschinen. Wir klettern gerne darauf herum. Lange Rohre lassen sich mit eisernen Rädern in alle Richtungen drehen. Hans hat mit seinem Schraubenzieher zwei von den riesigen, schweren gläsernen Linsen ausgebaut, eine für ihn, eine für mich. Man kann sie als Brenngläser benutzen und Papier und andere Sachen damit anzünden. Erst raucht es, dann gibt es ein kleines Loch mit schwarzem Rand, und von da breitet sich das Feuer aus. Meine Hand dürfe ich nicht darunter legen, sagt Hans. sonst sei ein Loch drin. Tellergroße Filmrollen liegen auch herum. Wenn sie zu schmoren anfangen, stinken sie fürchterlich. An der Mauer hinter dem Haus, dort, wo die trockenen

Brennesselstengel stehen, mache ich mit meinem
Brennglas ein kleines Feuerchen. Schnell wird es
größer und größer. Ich kann es nicht mehr austreten. Niemand ist da, die Feuerwehr muß kommen. Papa nimmt mir das Brennglas weg und
schimpft ganz doll.

GERWINE BAYO-MARTINS

VATER kommt morgens an mein Bett. „Du hast
einen kleinen Bruder." Vater und ich weinen.

KINDER sind im Krankenhaus nicht erlaubt. Ich
sehe meine Mutter und meinen Bruder nicht. Wir
gehen wieder nach Hause.

SEIN Himmelbettwagen ist hellgelb, orange, grün
und rot unter dem buntgestreiften Sonnenschirm
auf unserem Balkon. Ich stricke ein Puppenkleid.

MUTTERS und Vaters Schlafzimmer. Rüsterholz
und blaue Bettumrandung. Ein dreigeteilter,
schwerer Spiegel über der Kommode. Ein glän-
zender Kristallzerstäuber auf einem Spitzendeck-
chen. Die hellblaue Seidenquaste riecht nach La-
vendel. Die seidige Steppdecke schimmert blau
auf dem Bett. Ich probiere Mutters Stöckelschuhe
und stakse über das Parkett.

MEIN Zimmer haben meine Eltern mir eingerichtet. Eine Kommode und ein Eckregal mit Büchern. Glänzendes braunrotes Kirschbaumholz. Eine herrliche Maserung, sagen die Eltern. Ein dreieckiger Tisch, zwei gelb-schwarze Hocker. Ein polierter Sekretär und ein Schreibtischstuhl, gelb mit einem Muster aus schwarzen Schleifen. Hier mache ich meine Schularbeiten. Großmutter bringt mir einen Wellensittich. Ich nenne ihn Peterle. Sein Vogelbauer steht tagsüber auf meinem Klappbett. Nachmittags lasse ich ihn fliegen. Er sieht mir beim Lernen zu. Auf der Fensterbank Kakteen.

DER große Buffetschrank im Wohnzimmer. Funkelndes Kristall hinter schweren Glasschiebetüren. Der glänzende Nierentisch. Schwere rote Clubsessel mit weichen Lehnen. Ein rotes Sofa. Der Bücherschrank. Auch verglast. Unten im Buffet die Keksdosen. Mit meinen Lieblingskeksen. Schokoröllchen. Ich nehme heimlich eins und noch eins. Den Rest schiebe ich so zurecht, wie es vorher war.

ICH glühe vor Fieber. Diesmal ist es Scharlach. Ich warte auf Mutter. Sie will mir ein Geschenk mitbringen. Ich wünsche mir Zotty von Steiff. Sie kommt und setzt ihn auf mein Bett. Am Hals trägt er im weichen Fell eine hellblaue Schleife. Und sein Namensschild. Sie streichelt mein Gesicht. Ihre Seidenbluse fühlt sich weich an.

MUTTER sucht mein Holzkistchen. Darin liegen meine Lackbilder. Gestern hat sie mir neue Bambi-Bilder gekauft. Die habe ich schon getauscht. „Wo sind die neuen Bambi-Oblaten?" „Wiltrud hat sie." „Geh' jetzt gleich und tausche alle Oblaten zurück." Sonntag morgens um acht gehe ich durch die leeren Straßen.

NEUE Starpostkarten an meiner Zimmerwand. „Nein, diese Bilder kommen mir nicht an die Wand. Meine schönen neuen Tapeten, wie sieht denn das aus? Nimm alles wieder runter!"

KLEINE Schinkenwürfel in roter Tomatensoße mit gekochten Spiralnudeln vermischt. Mein Lieblingsessen. Nach der Schule wartet es im Wasserbad auf dem Herd in der Küche auf mich. Mutter hält Mittagsschlaf. Nach dem Essen gehe ich auf

Zehenspitzen in mein Zimmer. Schließe die Tür.

MUTTER zeigt mir matte Eisblumen am Fenster. Ich hauche ein Loch. Sie trägt saubere Wäsche im Arm. Brettsteif vor Kälte.

VATER geht mit mir ins Museum für Eisenbahnen. Danach steigen wir auf den Turm der Michaeliskirche. Er heißt „Der Michel". Unter uns liegt der sonnige, glitzernde Hafen. Möwen schreien, wir riechen Tang und Salz. Steigen wieder hinab. Fahren mit dem Alsterdampfer „Schwanenwik" auf einem Fleet. Weiße und bunte Segel auf Jollen, und Dingis kreuzen.

VATER geht oft zum Arzt. Ich muß oft zum Arzt gebracht werden. Mutter geht nie zum Arzt. Sie lacht über uns.

DAS ist dein Großvater Kurt. Runde Brille mit schwarzem Rand. Eine Hakennase und ein dünner Mund. In Silber gerahmt.

GROßMUTTER strickt. Jeden Tag. Unterbricht zwischendurch. Trinkt eine Tasse Kaffee. Kocht das Essen für heute. Frikadellen in brauner Soße.

GRÜNE Bohnen und gelbe Salzkartoffeln. Ich komme vom Spielen. Der Tisch ist gedeckt. Das Essen ist fertig. Es riecht so gut.

GROßMUTTER weckt Pflaumen ein. Sie kochen auf dem Herd. Die Wohnung riecht süß. Ich darf probieren.

SCHWERER dunkler Nußbaumtisch. Weiße Decke aus Filethäkelei. Gehäkelte Serviettenringe. Großmutter freut sich. Sie hat neue Sammeltassen. Sie zeigt mir eine von Rosenthal und eine andere von Fürstenberg und die elfenbeinfarbene ist von Hutschenreuther. Ich freue mich auf die roten Erdbeertorteletts und die weiche Schokoladentorte. Es gibt auch ein gelbcremiges Zitronenomelette und knackige Nußecken. Sie sind für Frau Schilke, Frau Thode, Frau Droste, Fräulein Wedel, für Großmutter und für mich.

BITTERE Misteltropfen braucht Großmutters Herz. Ihre Grimasse beim Schlucken. Schwarzer Kaffee, grüner Rand. Zwei Sacharinwürfel kommen hinein und schäumen auf dem Kaffee. Dann sagt Großmutter: "Es kommt ein Brief." Eine Brotscheibe mit Kunsthonig. Kakao mit Sahnehäubchen für mich.

WENN Großmutter strickt, funkeln die Aquamarine an ihren Fingern. Sie erzählt mir von Hänsel und Gretel, von Dornröschen und von Rapunzel. Ich esse ein feuchtes Schmalzbrot. Es ist weich und glatt in meinem Mund.

ICH komme nach Hause. Drei neue Bücher aus der Bibliothek halte ich in der Hand. In meiner Schultasche liegt die Mathearbeit mit „Fünf". Mutter hält den „Blauen Brief" hoch. Ich weiß, was drinsteht: „Versetzung gefährdet."

NACH der Schule gehe ich durch Ruinenfelder. Suche nach Weidenkätzchen, Klee und Löwenzahn für meine Mutter. Auch wenn ich für sie Milch hole, nachmittags, gehe ich hier durch

Ruinenfelder. Mit Renate und Uschi. Wir kaufen die Milch in Blechkannen beim Milchmann. Wir gehen zurück. Wir legen die Kannendeckel beiseite. Jede schwingt ihre Kanne im Kreis durch die Luft. Schnell, immer schneller. Wir werden langsamer, hören auf. Kein Tropfen ging verloren.

ICH habe Fieber. So oft. Diesmal heißt es „Angina". Ich bleibe zu Hause. Im Bett. Mutter bringt mir heiße Zitrone. Sie bringt mich ins Wohnzimmer und macht mein Bett neu. Das Zimmer wird gelüftet. Danach schlafe ich, schlafe und schlafe.

ICH gehe die Rückertstraße entlang. Frau Sikorski schaut aus dem Fenster. „Rote Haare, Sommersprossen sind des Teufels Volksgenossen", ruft sie mir nach. Ich gehe geradeaus und pfeife.

WIR grüßen mit einer Kniebeugung, in Hamburg heißt sie „Knicks". Ein kurzes Heruntersinken – der Faltenrock wippt in den Faltenkniffen. „Guten Tag, Frau Mehring!"

ZU Weihnachten ziehe ich mein blaues Bleylekleid mit bunter Smokstickerei an. Der runde Bubikragen ist weiß. Ich trage Kniestrümpfe mit Lochmuster. Ich darf schon meine neuen Lackschuhe zur Bescherung tragen. Es sind „Haferlschuhe" mit Fransen und Troddeln. Ich sage mein Gedicht vor dem Tannenbaum auf. Nachher gehe ich schnell auf die verschneite Straße und probiere die neuen Schuhe aus. Als ich wieder zurückkomme, ist der Lack von den Schuhen abgeblättert.

DIE Wohnung ist halbdunkel. Nur kleine gelbliche Lampen brennen. Ich gehe ins Schlafzimmer und knipse eine Nachttischlampe an. Setze mich vor Mutters Frisierspiegel. Klappe die Spiegel hin und her. Schneide Fratzen. Ich verkleide mich mit Mutters Kostüm. Setze ihren großen grünen Hut auf. Tanze wild vor dem Spiegel. Wiege mich hin und her. Hebe die Arme, verrenke mich und stampfe wie ein Kobold. Ich habe Angst vor mir selbst. Renne zurück in mein Zimmer und krieche unter die Bettdecke. Vater und Mutter spielen heute abend bei Tante Ingrid und Onkel Harro Canasta.

NACHMITTAGS kommt Mutter mit der Bahn

von der Arbeit. Ich hole sie ab. Gehe die Feldstra-
ße entlang. Dann die Osterholder Allee, wo die
Rotdornbäume blühen. Weiter durch den Tunnel
und da ist schon der Bahnhof. Der Zug läuft ein.
Die Räder der Lokomotive quietschen. Der Zug
hält an. Es zischt und dampft, weißer Rauch steigt
aus dem Schornstein. Die Türen öffnen sich und
viele Menschen steigen aus. Wo ist Mutter? Da
sehe ich sie kommen. Ihr roter Hut leuchtet. Ich
renne ihr entgegen. Umarme sie und stecke mein
Gesicht in ihre braune Jacke. Sie riecht nach Ro-
senparfüm.

ANNE BACH

IN einem Zug, der nach Berlin fährt, liege ich oben im Gepäcknetz. Meine Eltern haben gesagt, daß ich da gut schlafen könnte. Das Netz hängt etwas durch, wie eine Hängematte. Aber ich kann nicht schlafen, ich bin ganz wach. Durch das Netz schaue ich mir die Leute an da unten. Das Netz kneift ein bißchen. Aber ich freue mich so auf Tante Lieschen, die wir besuchen wollen. Der Zug rüttelt und schüttelt mich, dann fallen mir die Augen zu.

VOR dem großen Bett in dem ich bei Tante Lieschen schlafe, steht eine Wand aus Stoff in einem Rahmen aus Holz. Der Stoff ist weiß und hat kleine Blümchen. Aber ich habe das Loch entdeckt, durch das ich immer gucken kann, wenn ich wissen will, was die Großen im Zimmer machen.

VATER sitzt mit Mutter in einem Paddelboot auf dem Wannsee, und ich darf zu ihr auf den Schoß. Wir schaukeln in der Sonne.

WIR spielen schon am Samstag, nicht erst am Sonntag, Elferraus mit Tante Lieschen. Sie nennt das den kleinen Sonntag. Manchmal mogelt sie ein bißchen, und immer hat sie ein paar Bonbons in der Tasche. Dabei ist sie zuckerkrank, wie Mutter sagt, und dürfte gar nichts Süßes essen. Sie backt die besten Heidesandplätzchen der Welt.

UNSER Vater mag sie nicht, weil sie schon so lange bei uns ist, wegen der vielen Bomben in Berlin. Aber jetzt fallen auch bei uns die Bomben, da will sie wieder zurückfahren. Dann ist es wieder vorbei mit dem kleinen Sonntag.

WIE feine Püppchen in Samt und Seide sehen wir sonntags aus, beim Spaziergang. Gleiche Kleidchen, gleiches Lachen, gleichzeitig, wenn das Vögelchen aus dem Fotofenster klickt. Die weißen Strümpfe kratzen auf der Haut. In Lackschuhen kann man nicht auf Bäume klettern.

ALS meine ältere Schwester Hille eine braune Uniformjacke bekommt und einen ledernen Knoten für den Schlips auf der weißen Bluse,

heule ich, weil ich noch zu jung bin für die Jung-
mädelschar. Könnte ich mich nur älter machen.
Ich zupfe an meinen Zöpfen, aber sie werden nicht
länger.

MEINE fünfte Schwester Gerda wird getauft,
aber nicht in der Kirche. Wir singen das Lied:
Wenn eine Mutter ihr Kindlein tut wiegen, und es
spricht ein Mann in der braunen Uniform von dem
Führer und Gott. Mutter kriegt das Mutterkreuz
in Gold. Wir sind ganz stolz und schaukeln das
Kind in der holzgeschnitzen Wiege ein bißchen zu
wild. Beinahe wäre der weiße Himmel darüber
heruntergefallen.

WIR spielen im Hof ein Ballspiel das heißt: Deut-
schland erklärt den Krieg. Wenn einer ruft: gegen
England, dann muß die, die in dem Kreis mit dem
großen E steht weglaufen, sonst wird sie abge-
schossen. Leider kann ich nicht so gut werfen und
zielen. Aber rennen kann ich.

TANTE Lieschen hat uns die Geschichte von dem
Mann erzählt, der nur noch ein Bein hatte und der

jeden anflehte: gib mir mein Bein wieder. Doch einen richtigen Schreck und eine Gänsehaut kriege ich immer dann, wenn plötzlich die Sirene aufheult und wir schnell aufstehen und in den Keller rennen müssen.

WIR spielen Krieg. Das Schaukelpferd ist unser Schiff, ich bin mit den Zwillingsbuben ein Matrose, wir schaukeln ganz wild und singen: Antje, mein blondes Kind. Dann werden die englischen Schiffe versenkt.

MUTTER singt mit uns und übt Spiele ein. Wir sind die Schneeglöckchen, die im Frühling erwachen. Einmal bin ich die Gänseliesel, die auf einen König wartet.

CHRISTBÄUME stehen am Himmel. Scheinwerferkreuze huschen über die Sterne, fallen auseinander wie ein Mikadospiel. Es riecht nach Krieg in der Nacht. Ich zittere, friere und suche die wärmende Hand der Mutter.

ALS meine Tante Gustchen und ihr kleiner Dieter nach einem Bombenangriff begraben werden, ist der Vater aus dem Feld gekommen. Die Erde ist ganz hart und gefroren, es schneit, so kann ich nicht sehen, ob der Vater weint. Er hält mich ganz fest. Meine Freundinnen Ali und Gretel sind auch bei den Toten, hat Vater zu mir gesagt.

MUTTER zieht sonntags beim Spaziergang einen Hut auf, und die Schuhe passen genau zu der Handtasche aus weichem Leder. Wenn ich sie einmal tragen darf, drücke ich die Tasche ganz fest an mich und rieche an ihr und streichele mit den Fingern über das weinrote Leder.

IM Kindergarten hilft Mutter als Tante Klärchen aus. Doch wenn die Tante Annemarie vor dem Essen mit uns Kindern betet: Händchen falten, Köpfchen senken, schön an Adolf Hitler denken, dann ist sie ganz still, bewegt nicht mal den Mund.

ICH laufe dir nach, rufe, bettle, schreie, Mutter, halte mich fest am Rücklicht deines Fahrrads. Doch du schüttelst mich ab, schreist zurück und

fährst davon, drehst dich nicht einmal um. Und ich
sehe den roten Punkt ganz verschwommen immer
kleiner werden.

WIR sitzen in unseren Nachthemden unter der
Lampe am Küchentisch. Jede will ganz nah bei
Mutter sitzen, um die Bilder besser sehen zu können. Ich setze mich auf den Tisch und sehe alles
von oben: den gestiefelten Kater, Hänsel und Gretel und die kleine Seejungfrau. Das ist mein Lieb-
lingsmärchen, bei dem ich immer weinen muß.

DAS Buch, "Mutter erzählt von Adolf Hitler", hat
sie nicht vorgelesen. Ich lese es abends im Bett,
wenn wir eigentlich schon schlafen müßten.

ALS der Krieg endlich aus ist, sehe ich meine
Mutter am Tisch sitzen. Sie liest eine Zeitung und
sieht die Bilder über die Morde an den Juden Das
hat unser Führer nicht gewußt, sagt sie. Ihr Gesicht sieht ganz versteinert aus.

IN der Hängematte am See zwischen Bäumen, liege ich und schaukele in Vaters Arm.

VATER geht mit uns zum Rodeln. Die Abfahrt ist nicht lang, aber sie hat eine Kurve, und wer die nicht kriegt, landet im Bach. Keiner kann unseren Bob so gut lenken wie er. Er stellt seine Füße auf die Kufen des vordersten Schlittens und lenkt ihn mit den Händen. Ich muß mich ganz zurücklehnen, damit er gut sehen kann. Mein Kopf liegt gegen seine Brust, und sein Atem ist wie weißer Rauch über meinem Gesicht. Wenn meine Finger halb erfroren sind, wenn sie den Geiz haben, dann reibt er sie so lange, bis sie wieder warm sind.

AM Sonntagmorgen geht Vater mit uns die Zeitung aushängen. Über dem Glaskasten in der Hauptstraße steht in großen Buchstaben NSDAP. Vater faltet die Blätter auseinander und heftet sie mit Reißbrettstiften an. Aber wir dürfen uns die Bilder, auf denen böse Juden zu sehen sind, nicht ansehen. Das ist nichts für euch, sagt er und zieht uns fort. Dabei gehe ich jeden Tag auf meinem Schulweg an diesem Kasten vorbei und sehe mir die Bilder an und lese die Geschichten, die im Stürmer stehen.

ABENDS schält der Vater vor dem Zubettgehen Äpfel für uns Kinder. Ich lasse mir eine Spirale aus Apfelschale über dem Mund baumeln und esse sie langsam auf. Wenn sie nicht auseinanderbricht, wird mir der Vater das nächste Apfelstück geben, und nicht einer meiner Schwestern.

KRANK im dunklen Zimmer. Meine Augen brennen, es juckt meine Haut. Der Mund ist so trokken. Warum darf ich nicht kratzen? Warum guckt keiner nach mir? Ich rufe, ich schreie. Merkt keiner, daß ich gleich verdurste? Ich weine. Mutter kommt nicht. Ist sie fortgegangen? Ich schlucke meine Tränen. Sie schmecken nach Salz. Da höre ich Vaters Schritt auf der Treppe. Er ist da und streicht mir übers Haar.

GROSSMUTTER sitzt an der Nähmaschine. Sie singt oder summt vor sich hin. Sie näht Kleider für uns, schöne Kleider. Ihr Fuß bringt das Rad zum Drehen. Ich sitze in einem Zelt aus Stoff und schaue dem surrenden Schwungrad zu.

MANCHMAL darf ich mitfahren mit dem Großvater in seinem kleinen Auto, das nur drei Räder hat Und manchmal läßt er mich fahren. Er schiebt seinen dicken Bauch auf den Beifahrersitz und läßt mich lenken, die Kupplung treten und Gas geben. Wenn ich die Löcher auf der Landstraße gut umfahren habe, lobt er mich und steckt sich sein Pfeifchen an. Dann bin ich riesengroß in diesem kleinen Auto.

MEINE andere Großmutter ist eine dicke, alte Frau, die nicht mehr gut gehen kann. Wenn ich sie besuche, steht auf ihrem Herd in der Küche immer warmes Wasser im Schiff, und in dem Topf, der in der Mitte eingehängt ist, brodelt der Malzkaffee vor sich hin. Wir Kinder dürfen ihn auch trinken, und jede möchte das Stück vom Streuselkuchen, das die größten Ribbel hat.

MORGENS, wenn ich bei den Großeltern in dem großen Bett mit den dicken Federkissen aufwache, rieche ich schon den Kaffee aus der Küche. Großvater sitzt am Tisch mit der Wachstuchdecke. Er schneidet trockenes Brot und Krüstchen in eine große Tasse, streut Zucker darüber, gießt Malzkaffee dazu und fängt an zu essen. Ich will auch Brocken essen. Dann gibt es Brot mit Zwetsch-

genmus, das die Großmutter noch dick mit süßem
Rahm bestrichen hat. Bei ihr darf man auch die
Bratkartoffeln aus der Schüssel essen, die es
abends gibt zu einem großen Teller voll Dick-
milch.

DER Großvater zündet abends eine Karbidlampe
an und leuchtet mir die Treppe hinunter in den
Hof, wenn ich zu dem Häuschen muß. In der
Nacht benutzen wir große Nachttöpfe aus Porzellan. Aber ich versuche immer ganz leise zu pin-
keln, weil ich niemand aufwecken will.

EINMAL sehe ich, wie der Oma Tränen übers
Gesicht laufen. Ein Tropfen bleibt an ihrer Nase
hängen. Sie muß weinen, wenn sie an ihren Tod
denkt und sich vorstellt, daß sie auf dem Friedhof
liegt. Und alle werden mich vergessen, sagt sie,
keiner wird zu meinem Grab kommen. Ich gebe
ihr mein Taschentuch.

DER Großvater wohnt nun bei uns. Der Krieg ist
aus, aber Vater ist noch nicht zurück. Opa hilft
der Mutter im Garten und schält sogar die Kar-

toffeln. Er geht sonntags in die Kirche, und wenn ich ihm gute Nacht sage, sitzt er am Tisch in seinem kleinen Zimmer und liest in der dicken Bibel.

JEDEN Tag geht der Großvater zum Friedhof, der gleich neben unserer Straße ist. Manchmal gehe ich mit ihm, gieße die Blumen auf Großmutters Grab, und wir ruhen uns aus auf der Bank, die dort steht.

DIE kleine Schwester im Wagen, renne ich die Mauer entlang auf dem Weg zum Bunker. Ich höre den Tiefflieger, höre die Schüsse hinter mir. Sie knattern. Ich laufe und laufe. Auf dem Rückweg, die kleinen runden Einschüsse in der Mauer. Sie galten mir und meiner kleinen Schwester.

ICH taumele aus dem dunklen Keller. Das dumpfe Rauschen der Bomben im Ohr. Staub im Gesicht. Ich reibe mir die Augen, blinzele in die Sonne. Ich bin noch am Leben.

ICH stehe auf der Bühne im Schloßhof unter den Kastanien. Gleich wird das Goldene Lachen beginnen, ein Singspiel, in dem ich die Hauptrolle spiele. Meine Hände sind ganz naß, mein Gesicht ist heiß. Ich gucke hinter den Kulissen durch einen Spalt und sehe die vielen Menschen. Was ist, wenn ich keinen Ton herausbringe bei meinem ersten Lied? Wo ist nur Mutter? Sie hat das Stück mit uns eingeübt und spielt auch selbst mit. Ich wische mit der Hand über das Gesicht. Jetzt ist sicher die Schminke verschmiert. Aber da kommt Mutter. Als Hexe verkleidet, spuckt sie mir dreimal über die Schulter und sagt, toi, toi, toi. Machs gut, meine kleine Schauspielerin. Du kannst das!

GERDA SCHÖN

WIR springen über den kleinen Bach in Tantes
Garten und wieder zurück. Winzige Fischchen flit-
zen darin herum und verstecken sich, wenn wir sie
erschrecken. Wir stochern mit Stöcken auf dem
Grund des Wassers, weil man dort schöne und ul-
kige Steine finden kann, verrottete Münzen und
auch einmal eine tote Maus.

IM Haus am Berg wohnen Großmutter und meine
zwei Tanten. Ich besuche sie fast jeden Tag. Ihr
Garten ist viel größer und schöner als unserer, und
sie haben eine Katze. Ich schaue ihr gern zu. Auf
einem Steinmäuerchen unterm Nußbaum liegt sie
mit ihren vier niedlichen Kätzchen. Sie schlafen
oft, es ist aber schöner, wenn sie wach sind. Dann
schnurrt die Alte und leckt den Kleinen das Fell.
Die spielen sofort, balgen sich und purzeln durch-
einander. Manchmal fällt eines herunter. Im Nu
packt es die Katzenmutter am Genick und trägt es
im Maul wieder auf die Mauer.

AN einem warmen, sonnigen Morgen wandern

wir weit hinaus über Berge und Wiesen und durch die Wälder. Vor uns liegt ein klitzekleiner, sehr tiefer und eiskalter See. Das Wasser ist salzig und klar. Er ist so kalt, daß wir nur kurz darin schwimmen. Vater erklärt uns, daß es eine unterirdische Verbindung von hier zum Meer gibt. Deshalb nennt man ihn ein Meeresauge.

NACH dem Schwimmen laufen wir zu einer Höhle, die voll ist mit komischen Figuren und Gestalten. Vater sagt, das sind Kalkablagerungen. Es fallen ständig Wassertropfen herunter. Man hört in regelmäßigen Abständen ein Glucksen aus den noch tieferen Höhlen im Fels.

MIT meiner älteren Schwester gehe ich in die Kuranlage am Wald, die Sommerfrische heißt. Es ist schön dort, und ganz viele Leute spazieren auf den Wegen. Wir freuen uns, wenn im Pavillon die Zigeuner-Kapelle Musik macht. Der Primas, wie die Leute ihn nennen, spielt seine Geige ganz besonders gut. Ich schaue sehr genau auf seine schnellen Finger und den springenden Bogen. Ich möchte auch so spielen können.

AM Kirchweihtag stürzen wir uns nach dem feierlichen Hochamt gleich in den Trubel. Wir haben genug gespart für das Fest, für Luftballons, Süßigkeiten und Karussellfahren. Wir reiten auf den galoppierenden Holzpferden und lutschen Bonbons. Ein Clown mit Äffchen an der Drehorgel macht Reklame für die Zirkusvorstellung. Wir können den Nachmittag kaum erwarten.

HEUTE gibt es feinen Apfelstrudel. Mutters Finger und Handrücken ziehen den Teig aus. Er wird immer dünner, fast durchsichtig. Ich darf dabei helfen. Reißt er mir, dann klebt ihn Mutter wieder zusammen. Die gedünsteten Äpfel mit Zucker und Rosinen werden auf einer Seite verteilt. Mit dem Tischtuch rollen wir den Teig ein. Dann kommt der Strudel in den Backofen.

MUTTER hat eine neue Singer-Nähmaschine. Trotz ihres steifen Knies - ein Bein bewegt das Pedal, eines muß gestreckt bleiben - näht sie in ihrer freien Zeit für uns. Am liebsten Bettwäsche und Nachthemden.

VOM Vater an beiden Händen gefaßt und im Kreise gedreht - erst etwas schneller, dann langsamer. Kraftvoll und sicher schließlich wieder auf die Beine gestellt.

VATER weiß, wo viele Erdbeeren im Wald wachsen. An einer sonnigen Lichtung halten wir. Die Beeren riechen schon von weitem. Ich stecke gleich die ersten besten in den Mund. Sie schmekken wunderbar. Meine Schwester sammelt mehr ins Töpfchen als ich.

BEI einer Wanderung im Herbst riechen wir die Pilze. Vater zeigt uns die Buchenschwammerln. Er prüft jedes einzelne, das wir finden. Ich lege es vorsichtig in den Korb, denn Pilze sind sehr zerbrechlich.

ICH kann die Dinge von oben anschauen. Auf den starken Schultern des Vaters, Hand oder Fuß von ihm festgehalten, genieße ich den Überblick. Ich bin wichtig.

ICH klettere an einem Stamm hoch und steige von einem Ast auf den nächsten. Mit einer Hand halte ich mich fest, mit der anderen pflücke ich eine große Weichsel. Ich beiße hinein. Sie ist süß und auch sauer. Dann hole ich mir mehr und noch mehr. Ich esse solange, bis ich satt bin.

VIELE Leute rennen. Ich gehe ruhig weiter auf der Straße. Unter meinem Schirm bin ich sicher. Fest und laut prasseln die Tropfen auf mein Dach aus Stoff. Mir gefällt dieser Regenschauer.

EIN Gewitter finde ich spannend. Natürlich nur, wenn ich im Haus bin. Dunkle Wolken jagen draußen vorbei. Plötzlich gießt es, aber nicht lang. Immer wieder leuchtet es ganz hell auf und kracht gewaltig. Aber ich bin in unserer Wohnung gut geschützt.

MEINE neugeborene Kusine ist so süß, doch jetzt ist sie plötzlich sehr krank. Ich bin traurig. Wir besuchen die Tante und den Onkel, da liegt sie in einem kleinen, weißen Sarg. Drumherum stehen viele Blumen. Alle weinen. Auch ich weine. Die Großen sagen, das Kind ist jetzt ein Engel im

Himmel. Auf seinem Grab wacht ein stählerner
Engel.

ICH spiele gern Schule. Meine Freundin auch. Wir
schneiden uns lange Ruten zurecht und stellen sie
an der Wand auf. Jede von uns hat eine Klasse.
Diese Kinder sind sehr brav. Sie rühren sich nicht.
Ich rede mit ihnen, stelle Fragen und gebe die
Antworten. Als Lehrerin bin ich eine wichtige Per-
son.

MARIA GOMILLE

DAS Zimmer ist leer. Mutter ist nicht da. Ich suche in allen Räumen, sie ist nicht da. Dann sind sie alle leer.

MIT meinen Geschwistern trage ich trockene Blätter zusammen. Eine Laubhütte wollen wir uns bauen. Es raschelt so laut unter unseren Füßen. Wir stapfen nur noch durch das Laub, weil dieses Knistern so schön ist.

MEIN Bruder nimmt mir immer das Karl-May-Buch weg. Ich habe es mir beim Bruder meiner Freundin geborgt. Ich schimpfe und suche das versteckte Buch. Zum Glück liest mein Bruder schnell. Wenn es geht, borge ich mir zwei Bücher. Dann tauschen wir sie nachher.

KASTANIEN und Eicheln sammeln wir für daheim. Wir wollen daraus Körbchen, Schiffchen und Pfeifen basteln. Die gelben Birkenblätter auf der Erde sind unsere Goldtaler. Damit können wir sogar das bezahlen, was der andere gebastelt hat, wenn er es verkauft.

ICH schaukele mit meiner Schwester. Eine von uns sitzt, die andere steht und hat einen Fuß links und den anderen rechts neben die Sitzende gestellt. Wir wechseln uns ab und schaukeln, so hoch wir können. Es kitzelt im Bauch. Wir lachen und quietschen.

ICH und meine Geschwister sitzen um den kleinen, runden Kindertisch. Wir malen mit Buntstiften und Tusche schöne Bilder von Blumen, von Tieren und von Menschen.

DER große Blechkuchen mit Quark und Butterstreusel schmeckt mir so gut. Es gibt ihn immer, wenn ein Fest ist. Anna, die schon so lange bei Großmutter hilft, trägt ihn zu uns. Dabei hat sie immer eine weiße Schürze an. Er riecht so gut, daß das ganze Haus gut riecht.

MUTTER sitzt vor ihrem kleinen Ausgabenbuch, schreibt auf, was sie ausgegeben hat und was noch besorgt werden muß. Ich höre, wie sie tief atmet. Ich sehe, wie sie rechnet und rechnet. Ich sehe ihr ernstes Gesicht. "Wir sind eine große Familie", sagt sie.

MITTAGS ruht Mutter. Wir sollen still sein. Nachmittags stopft und flickt sie unsere Strümpfe, unsere Kleider. Ich würde gern mithelfen, aber ich bin noch zu klein.

MUTTER geht auch früh zu Bett wie wir, aber nicht um zu schlafen, sagt sie, sondern um zu lesen. Sie liest über fremde Länder und deren Menschen und wie sie leben, hat sie mir erzählt. Und ich darf ihr viele Fragen stellen, wenn sie Zeit hat.

VATER führt mich an seiner warmen Hand über die Wiesen und über die Felder zum Wald. Ich höre seiner Stimme zu, die mir von Gräsern, Feldfrüchten, Beeren und Pilzen erzählt.

IN seinem Bienenhaus sieht Vater ganz anders aus. Er trägt einen Hut mit Schleier vor dem Gesicht. Darin ist ein Loch für die qualmende Pfeife. Der Kittel ist am Hals zugebunden, und er hat Handschuhe an.

VATER pfeift und singt immer. Er spielt auch Klavier und Geige. Das möchte ich auch mal können!

NACH dem Waschen und Rasieren riecht Vater so gut. Ich mag nicht, wenn er sein stoppliges Kinn an meinem Gesicht reibt.

WENN Vater laut schimpft, laufe ich weg. Ich habe Angst. Ich verstecke mich. Erst nach langer Zeit lausche ich dann an der Tür, ob wieder Ruhe ist.

WENN Vater Märsche und Lieder auf dem Klavier spielt, weiß ich, er hat gute Laune. Dann darf ich mir ein Lied wünschen, wenn er aufgehört hat.

VOR Großmutters Füßen sitze ich auf einer Ritsche. Ich schaue ihr zu, wie sie für uns Mädchen bunte Unterröcke häkelt. Ich würde auch gern häkeln.

AN Winterabenden würfeln wir drei Ältesten mit Großmutter um den Sieg. Wenn wir uns streiten, bestimmt sie, wer recht hat. Sie erzählt uns, wie früher alles war.

WENN ich es will, nimmt Großvater seine goldene Uhr aus der Westentasche. Sie hängt an einer Goldkette. Das Zifferblatt ist hinter einem verzierten Deckel versteckt. Wenn Großvater drückt, springt dieser Deckel auf. Dann sagt er mir, wieviel Uhr es ist.

IN der guten Stube bei Großmutter ist ein Sarg aufgebahrt. Darin liegt mein Großvater. Mit einem Buchsbaumzweig, der in einer Schale mit Weihwasser liegt, darf ich das Kreuz über dem Toten machen. Es ist ganz still im Zimmer.

ICH schaue genau zu, wie Mutter durch ein Sieb Haferflocken rührt, sie dann mit Milch aufkocht und alles in ein Fläschchen füllt für mein jüngstes Geschwisterchen. Manchmal darf ich die Flasche mithalten.

ICH bin stolz auf meinen Vater, wenn er eine Rede hält und alle klatschen.

WENN ich die Wohnungstür aufmache, kann ich immer schon riechen, was es zu essen gibt. Wenn ich etwas gern esse, warte ich gar nicht gerne, bis Mutter zu Tisch ruft. Wenn es etwas gibt, das ich nicht mag, trödele ich herum und esse wenig.

ICH spiele oft an dem kleinen Bach in der Wiese. Aus Steinen und Ästen baue ich einen Damm, über den das Wasser springt. Oder ich grenze einen Teil des Baches ab. In meinen Teich pflanze ich dann Blumen von der Wiese oder kleine Äste mit Blättern. Oder ich lasse Stöckchen schwimmen, das sind meine kleinen Schiffe.

DA ist die kleine Ecke an den Hausstufen. Dort darf ich mir einen Steingarten anlegen. Von überall her hole ich mir Pflanzen und Blumenableger. Die Steine sind aus dem Bach. Ich häufe Erde an. Ich weiß, wie schön mein Garten bald aussehen wird.

GEBÜCKT jäte ich Unkraut in unserem großen Garten. Heute aber nur von einem Beet! Gern tue ich das nicht. Lieber gieße ich gleich mit meiner kleinen Kanne die jungen Pflanzen. Die Beeren sind noch zu sauer, ich habe sie schon gekostet. Saure Beeren mag ich nicht.

ICH gehe noch nicht in die Schule. An den Steinstufen wetze ich den Schieferstift, den ich von meinem Bruder bekommen habe, und male auf eine alte Schiefertafel Sonne, Wolken, Regen, Bäume. Ich kann alles malen. Schwamm und Lappen hängen an einer Schnur aus einem Loch im Holzrahmen. Ich benutze sie oft.

ICH klettere gern. Vom Gartenzaun aufs Schuppendach, von da über das Geländer auf unseren

Balkon. Das ist gar nicht so leicht. Zurück klettern
ist langweilig.

ICH ziehe unseren Kufenschlitten, den wir
"Schleppel" nennen, durch den Schnee. Überall
sind richtige Berge von Schnee, die hat der Wind
hingeweht. Ich setze mich auf den Schlitten und
möchte einen von diesen Bergen hinunter fahren.
Doch die Kufen bleiben stecken. Aber ich versuche es wieder und noch einmal und wieder.

ICH trage über dem Schulkleid eine Schürze.
Gleich nach der Schule ziehe ich mich um. Zum
Toben und Spielen ziehe ich ältere Sachen an.

ICH habe nie Angst, wenn ich lange Gedichte auf-
sagen muß bei Feiern und Festen. Angst habe ich,
wenn ich im Dunkeln allein auf der Straße gehe.
Dann singe ich laut vor mich hin.

ICH habe Anna sehr lieb. Sie macht alles wieder
gut. Sogar die vielen Risse in meinen Kleidern.

MUTTI läßt mich den Kinderwagen mit der Fee schieben. Wir wollen zum Fotografen. In seinem Schaufenster sind viele Bilder ausgestellt. Der Fotograf führt uns in ein kleines Zimmer hinter seinem Laden. In der Ecke steht eine große Lampe, und da ist ein runder Tisch, auf den die Fee gesetzt wird. Ich soll sie festhalten und mich zu ihr beugen. Sie hat das weiße Wollkleid mit rosa Rändern an, das Omi für sie gehäkelt hat. Ich habe das Kleid an, das Grandma aus Amerika geschickt hat. Mutti hat mit meinen Zöpfen Affenschaukeln gemacht. Fee ist ganz dick und hat einen kugelrunden Kopf mit wenig Haaren. Sie will nicht stillsitzen, und ich muß mich vom Tischrand aus anstrengen, daß ich sie mit beiden Armen umfassen kann. Der Fotograf steckt seinen Kopf unter ein schwarzes Tuch. Es dauert sehr lange, bis der Fotograf mit uns zufrieden ist. Meine Arme tun mir so weh, daß ich die Fee fast nicht mehr halten kann. Endlich macht er die Aufnahme. Natürlich kam kein Vögelchen aus dem Apparat, das hat er nur für die Fee erzählt.

WIR fahren in den Schwarzwald zur Erholung,

sagt Papa. Ich stehe auf dem Tunnel in unserem
Auto hinter meinen Eltern. Auf dem Tunnel ist
sogar ein Teppich. Meine Arme liegen ausgebreitet auf den Rückenlehnen von ihren Sitzen. Im
Nacken von Mutti ringeln sich neben dem Knoten
ganz viele Löckchen. Sie singt ein Lied nach dem
anderen, ich versuche, mitzusingen. Sie schaut oft
zu mir zurück und lacht. Papa sitzt am Steuer und
summt mit. Er hat ein weißes Hemd mit kurzen
Ärmeln an, und weil es so heiß ist, hat er das Fenster ganz heruntergekurbelt. Sein linker Arm liegt
mit dem Ellbogen auf dem Fensterrand. Ich sehe
die Sommersprossen und die blonden Härchen auf
seinem Arm und spüre den Wind in meinem Gesicht.

WIR fahren auf der Autobahn, die Hitler gerade
eröffnet hat, sagt Papa. Es sind fast keine Autos
da. Papa sitzt am Steuer, Mutti neben ihm und ich
habe hinten ganz viel Platz. Plötzlich sagt Papa
etwas zu mir, zuerst verstehe ich gar nicht, was er
will. Doch dann kniee ich mich auf die Rückbank,
nehme die kleine amerikanische Fahne, die auf der
Hutablage liegt, und halte sie an die Scheibe. Der
Fahrer im Auto hinter uns lacht und winkt mir zu,
ich winke zurück. Er hat hinter seiner Windschutzscheibe auch eine kleine amerikanische Fahne. Papa hebt seinen Arm ganz hoch und winkt,

ohne sich umzudrehen. Erst als ich wieder auf meinem Platz sitze, dreht er sich kurz um und lacht mir zu.

OMI hat mich mit nach Mainz genommen, ich darf eine Weile bei ihr bleiben. Morgens bringt sie mich in den Kindergarten, nach Hause gehen darf ich allein, mittags besuchen wir oft jemand. Zum Geburtstag von Urahne, Omis Mutter, gehen wir zu Onkel Philipp in die Altstadt. Er hat ein Milchgeschäft und einen dicken, schwarzen Kater, der auf der Straße vor der Tür sitzt. Hinter dem Geschäft geht eine enge Treppe in den ersten Stock. Viele Tanten und Onkel kommen zum Gratulieren. Es gibt Kaffee und Kuchen, sie erzählen viel und lachen viel. Tante Elisabeth hat einen großen Busen und ein richtiges Doppelkinn. Neben dem Mund hat sie eine große Warze, fast wie ein Streusel.

AUF dem Heimweg ist es schon dunkel, aber es gibt viele Laternen. Es ist warm, und die Straße ist fast leer. Man kann unsere Schritte hören. Ich bin ganz stolz, daß ich so lange aufbleiben darf und hänge mich bei Omi ein. An ihrem Mantel sind vorne lauter viereckige Löcher, die sind zur Verzierung, hat sie gesagt. In der Dunkelheit lege ich vorsichtig meine Finger in die Löcher. Omi merkt es nicht, denn auf dem ganzen Weg erzählt sie ganz leise noch mehr von den Tanten und Onkeln.

ICH stehe auf der obersten Stufe einer Steintreppe neben einer großen Tür und warte auf Omi. Es ist kalt, und mir ist langweilig. Wir wollen zusammen meine kleine Schwester Fee im Krankenhaus besuchen, aber ich darf nicht hinein, weil ich ein Kind bin. Mutti und Papa haben sie hierher gebracht, weil sie dachten, sie bekäme auch Milchschorf wie ich. Aber zum Glück hat sie jetzt nur eine Darmkrankheit. Viele Leute kommen die Treppe hinauf und verschwinden in der Tür. Wenn jemand mit einem schwarzen Mantel herauskommt, denke ich immer, es ist Omi. Ich möchte jemand nach ihr fragen und überlege, wie ich das machen soll. Schließlich getraue ich mich und frage eine Dame, ob sie nicht eine Frau in einem schwarzen Mantel mit großem Pelzkragen mit vielen Löckchen gesehen hat. Sie sagt nein. Jetzt merke ich, daß ich richtig friere und daß es schon dunkel ist. Endlich kommt Omi, und wir fahren nach Hause.

GÜNTER VON LONSKI

SONNTAGMITTAGS sitzen wir um den Tisch, Teller und Löffel vor uns. Es riecht nach Rindfleischsuppe und Sauerbraten. Ich bin noch satt vom mächtigen Frühstück. Mutter steht am Herd, rührt in den Töpfen, dreht sich um und nimmt einzeln die Teller, um sie direkt aus dem Topf zu füllen. Ich hab überhaupt noch keinen Hunger. "Bitte, nicht so viel!" Es gibt zwei Löffel und Nachschlag von der Rindfleischsuppe. Ich kriege schon nichts mehr runter. Es folgt der Braten. "Bitte, nur ein kleines Stück!" Ein Kloß landet auf dem Teller und noch ein halber, Rotkraut, eine Scheibe Sauerbraten, und noch eine Ecke dazu. Ich stopfe, würge, schlucke mühsam. Zum Nachtisch gibt es Vanillepudding mit Erdbeeren und Sahne. "Iss, damit du groß und stark wirst!"

MEIN Bruder steht am Spülstein. Er wäscht sich mit nacktem Oberkörper. Gesicht, Hals, Arme werden eingeseift und abgewaschen. Er tastet mit zusammengekniffenen Augen nach der Zahnbürste und putzt sich die Zähne. Er bückt sich und spuckt weißliches Wasser in den Ausguss. In der Küche riecht es nach Pfefferminz. Auf seinem ge-

beugten Rücken zeichnet sich eine Linie kleiner
Knöpfe ab, vom Hals bis zur Hose.

TYPHUS hat mein Bruder. Wir müssen lange mit
der Straßenbahn fahren, zweimal umsteigen,
kommen in eine völlig fremde Gegend. Ich sehe
junge Männer auf dem Balkon eines großen weißen Hauses stehen, sie winken, wir winken zurück, ich kann meinen Bruder nicht finden. In
meiner Hand trage ich einen Beutel mit einer Ap-
felsine. Für ihn.

AUF dem Herd steht der Sonntagsbraten. Mutter
will noch Kompott aus dem Keller holen, mein
Bruder soll den Braten begießen. Er geht zum
Herd, ein Buch in der linken Hand, liest weiter,
mit der rechten begießt er den Braten. Mehrmals
zischt Dampf aus der Pfanne. Es dauert ziemlich
lange, bis Mutter wiederkommt, sie stellt das Glas
mit Stachelbeeren auf den Tisch und erschrickt:
"Doch nicht mit Leitungswasser!"

DIE Fensterläden sind in allen Zimmern gegenein-
ander gestellt, Dämmerlicht vom Morgen bis zum

Abend. Keine lauten Geräusche, kein Mittagessen, die Hausaufgaben werden nicht kontrolliert. Meine Mutter liegt auf dem Sofa, einen nassen Waschlappen auf der Stirn, sie hat Migräne.

MEINEM Vater widerspricht man nicht. Noch schlimmer ist es allerdings, über ihn zu lachen. Aus irgendeinem Grund steht er mal wieder vor mir, macht mir Vorwürfe, hochrot im Gesicht, laut. Ich werde ganz klein, verzagt, doch ich spüre bereits dieses Kribbeln im Bauch. Der schreckliche Augenblick wird kommen, rückt näher, unausweichlich, er wird auch heute wieder dieses unmögliche Wort herausbrüllen. Ich halte die Luft an, beiße mir auf die Lippen, kralle die Fingernägel in den Ballen der Hand. Dann ist es soweit: "Wann wirst du das endlich krepieren?"

AN der Ecke zur Landwehrstraße steht ein weißes Bretterhäuschen. Rote-Kreuz-Lotterie. Zu gewinnen sind Reisen, Autos, Spielsachen. Ich wünsche mir schon so lange eine elektrische Eisenbahn. Sofortige Gewinnausgabe! Mein Vater holt nach längerem Drängeln sein Portemonnaie aus der Hosentasche. Jedes zweite Los gewinnt! Vor uns kauft jemand ein Los und erhält einen kleinen roten Schraubenzieher als Gewinn. Wortlos steckt mein Vater sein Portemonnaie wieder ein.

DREI Kissen habe ich auf das durchgesessene Sofa geschichtet, um an die Tischplatte zu kommen. Mein riesiger Bruder raucht Lucky Strikes, liest aufmerksam in zerfledderten Zeitschriften. Er muss auf mich aufpassen. "In zehn Minuten geht's ab ins Bett!" Ich male, will was zu trinken, will nicht ins Bett, will was zu essen, mir ist langweilig. Großzügig überlässt er mir eine seiner Zeitschriften. "Noch fünf Minuten!" Auf dem Titelbild ein großes Schiff. Auf Rekordfahrt um das Blaue Band. Der Dampfer scheint sich richtig zu bewegen. Ich setze meinen Fingernagel direkt hinter das Heck des Dampfers, schließe die Augen und denke ganz fest: volle Fahrt voraus! Mit einem Ruck öffne ich die Augen. Ein winziger Spalt zeigt sich zwischen schwarzem Schiffskörper und aufgesetztem Fingernagel.

WINTERABEND. Der Ostwind rüttelt an den Fensterläden, Eisblumen haben sich in den Ecken der Glasscheiben ausgebreitet, die Eisenplatte des Kohleherds glüht. Dampf steigt aus dem Suppentopf, das Licht der Lampe spiegelt sich in der

blanken Chromreling des Herds, auf dem Tisch
steht eine henkellose Tasse mit heißem Pfeffer-
minztee. Sie sind in den Keller gegangen, um die
Wäsche von der Leine zu nehmen. Es ist eiskalt
im Keller, gleich werden sie die gefrorene Wäsche
in die Küche bringen und neben dem Herd zum
Trocknen aufhängen. Ich kuschle mich in eine Ek-
ke des Sofas, staple Kissen um mich, Wärme umgibt mich. Da fliegt die Tür auf und eine stock-
steife Hose stapft wie von allein in die Küche,
links, rechts, links, rechts, direkt auf mich zu.

GLEICH biegt mein Vater auf seinem schwarzen
Fahrrad um die Ecke. Kerzengerade sitzt er auf
dem Rad, die dünne Aktentasche mit dem leeren
Henkelmann auf dem Gepäckträger. Wenn er
mich sieht, klingelt er, nimmt die Hand vom ange-
rosteten Lenker und winkt. Dann zieht er die
Bremse, hält neben mir, schwingt das rechte Bein
über den Gepäckträger und steigt ab. Ich darf ein
Bein auf das vordere Pedal stellen, das andere
Bein unter der Rahmenstange hindurchstecken
und nach dem zweiten Pedal tasten. Er wird das
Rad am Gepäckträger halten, und ich fahre das
große Fahrrad nach Hause.

MEIN Bruder hat ein schwarzes Auge. Er war im Keller. Vom dunklen Kellerflur führt eine grüne Holztür zum Vorratskeller. Mit einem Nagel hat mein Bruder ein Loch in die Tür geschlagen. So kann er kontrollieren, ob er das Licht gelöscht hat. Ich habe heute Mittag schwarze Schuhcreme um das Loch geschmiert.

MARIA POHLMANN

SONNTAGS gibt es ein Ei. Vater köpft seins mit dem Messer. Männer können das. Ich klopfe meins auf den Tisch. Es ist noch heiß. Ich lasse ein Stückchen Butter auf dem Eigelb zerschmelzen, und Martin streut mir Salz darauf. Das ist Sonntag.

ICH renne barfuß über das Stoppelfeld. Ich passe auf, daß ich die Füße nie von oben aufsetze. Doch plötzlich eine Distel. Sie läßt sich nicht überlisten.

ES ist heiß. Hoch oben tirilieren die Lerchen. Meine Augen suchen im blaßblauen Himmel. Heute habe ich endlich eine entdeckt.

ICH liege im Bett und beobachte die Schleiergestalten, die an der Decke tanzen. Mutter hat gesagt, es sind nur die Schatten der Bäume. Hoffentlich hat sie recht. Aus der Küche unter mir höre ich den vertrauten Klang ihrer Stimme.

MUTTERS Finger weist zum Himmel. Genau über der alten Scheune ist das Siebengestirn.

DA bei den Weiden, im Stachelgebüsch voller Spinnennetze, wohnt die Hexe. Lange trete ich von einem Fuß auf den anderen, doch dann renne ich vorbei und renne und renne, bis ich im Hohlweg bin und die Hexe mich nicht mehr sieht.

DIE Tante aus Dresden sitzt am Küchentisch. Sie raucht eine Zigarette und sagt, wie gesund wir hier leben. Mit Nähnadel und Pinzette pult Mutter Dornen aus meinen zerschrammten Füßen.

MEIN Bruder steht sehr gerade. Er hat vorstehende Zähne. Seine Haare sind zu kurz. Seine Hosen sind zu lang. Er ist immer lieb.

Mein Bruder ist dünn und krank. Er kann schön malen. Er liest den Volksbrockhaus. Er weiß alles. Andere Jungen sind anders.

DIE Dorfstraße ist dunkel. Die Hunde bellen und zerren an ihren Ketten. Mein Bruder hält meine Hand ganz fest.

VATER hat die Doppelfenster eingesetzt. Ich habe Heu in den Raum zwischen den Scheiben gestopft. In der Dunkelheit raschelt der Wind in den Gräsern. Der Mond hat einen großen, leuchtenden Hof.

ICH habe Lysseks Christbaum gesehen. Bestimmt sind sie sehr reich. Sie haben Engel aus Gold und Edelsteinen und Vögel aus Glas mit bunten Federn und gläserne Glöckchen, die klingen wie im Himmel. Ihre Ziege ist am Bettpfosten angebunden, damit sie den Baum nicht anknabbert.

VATER nimmt mich an der Hand. Wir besuchen Herrn Winter. Er ist tot. Ein Pferd hat ihn zertreten. In seinem Sarg sieht er gar nicht mehr böse aus.

MEIN Bruder zieht mich auf dem Schlitten nach Hause. Meine Tränen sind gefroren. Daheim zieht Mutter mich aus und legt sich mit mir ins Bett. Sie hält meine erfrorenen Füße an ihren warmen Hals.

EIN fremder Mann sitzt auf der Truhe neben der Tür. Mutter hat ihm Pellkartoffeln gegeben. Vor jedem Biß tut er mit einem Messer etwas Marmelade drauf. Niemand sagt ihm, daß man Marmelade auf Brot tun muß.

AUF der Flucht. Nachtquartier auf einem Bauernhof. Die Bäuerin wühlt in unserem Rucksack. "Was machen Sie da?" fragt Mutter. "Ich suche meine Tischdecke." "Ich brauche keine Tischdecke, ich hab ja keinen Tisch mehr." "Flüchtlinge brauchen doch alles!" "Gott stehe Ihnen bei, wenn Sie selbst auf der Flucht sind." "Wir? Wir sind doch keine Flüchtlinge!" "Vor drei Tagen waren wir auch noch keine."

MUTTERS Haare sind grau und altmodisch. Soll ich sie färben?, fragt sie. Nein, du mußt so bleiben.

MUTTER sitzt auf der Treppe und weint. Onkel Walter ist gestorben. Mütter dürfen nicht weinen. Ich renne weg.

EINE weiße Bluse fürs Kinderfest, hat der Lehrer gesagt. Mutter hantiert mit Wasser und Stärke und dem eisernen Bügeleisen. Sie verbrennt sich die Finger. Die Stärke ist klumpig. Die Bluse hat einen braunen Fleck. Nie mehr im Leben werde ich weiße Blusen anziehen.

MUTTER steht am Herd und bäckt Plinsen in den großen Pfannen. Sie hat alle Ringe abgenommen und befeuert vier Kochstellen. Wenn sie die Pfanne wegschiebt, schlagen die Flammen hoch. Die Tropfen in ihrem verschwitzten Gesicht sehen aus wie das blasse Johannisbeerkompott in den Schüsseln.

MUTTERS Gardinen hängen nur so da, sie haben keine schönen Falten wie bei anderen Leuten.

MUTTERS Torten sind immer schief. Der Zukkerguß läuft herunter, die Marmelade quillt raus. Man muß sich schämen.

GLEICH fährt der Zug ab. Mutter beugt sich zu mir und küßt mich. Wie peinlich, vor den anderen Kindern.

"NIMM nicht soviel Waschpulver", sagt Mutter, "das ist ungesund." Unsere Wäsche ist grau.

ICH begegne Mutter auf der Hauptstraße. Sie kommt mit ihrer Schulklasse vom Ausflug. Ich drücke mich in einen Hauseingang. Wenn sie Lehrerin ist, ist sie keine Mutter.

VATER stemmt den Pflug in die Ackererde. Ich führe Philipp am Zügel. Ein Schwarm Krähen stürzt sich auf die gelben Engerlinge in der neuen Furche.

VATER steht nackt vor dem eisernen Ständer mit der Waschschüssel. Überall Haare, Haare, Haare. Ich sehe aus dem Fenster.

VATER wickelt die weichen Fußlappen um seine Füße. In die großen Winterstiefel stopft er Stroh. Ich hauche ein Loch in die Eisblumen am Fenster.

VATER sitzt rittlings auf dem Dachfirst und ruft und ruft. Er hat sich den Schornsteinaufsatz auf den Daumen gestellt. Mutter klettert aus der Dachluke.

ICH habe Geburtstag. Vater hat extra die Schaukel aufgehängt. Gisela und Renate lachen mich aus und rennen weg. War es schön?, ruft Vater. Ich wische mir die Tränen ab. Ja.

VATER ist weggegangen. Ich male im Schulheft bunte Sterne, schneide sie aus und hänge sie an den Christbaum. Plötzlich steht er in der Tür. Hoffentlich sieht er nicht die Sterne! An seinem

Baum darf nur Lametta hängen. Er sieht sehr nackt aus.

"GEHEN Sie nicht mehr zurück, Sie stehen auf der Liste zur Deportation", sagt der Uniformierte und geht schnell weiter. "Was ist Deportation?" frage ich. "Wenn man zwangsweise an einen Ort gebracht wird, wo man gar nicht hin will." "Aber hierher wollten wir doch auch nicht. Ist das eine Strafe?" Mutter antwortet mir nicht.

IN der Mehlsuppe ist heute Kakao und Zucker. Großmutter ist da.

GROSSMUTTER ist eine Königin. Ihre Krone ist aus Haaren geflochten.

GROSSMUTTER, was hast du mitgebracht? An ihrem Arm ein großer Korb mit Pfifferlingen. Sie riecht nach Wald.

WO Großmutters Tür war, ist jetzt ein großer, schwarzer Vorhang. Wohin ist Großmutter verschwunden? Heim kann ich auch nicht mehr, draußen ist es dunkel. Nach einer Weile schiebt sich der Vorhang beiseite, da ist plötzlich Großmutters liebes Gesicht. Sie nimmt mich in die Arme. Der schwarze Vorhang ist bloß eine Portiere, sie soll den kalten Wind abhalten.

ICH hopse auf Großmutters rotem Plüschsofa. Es quietscht. Großmutter schimpft überhaupt nicht.

ICH steige auf das Fußbänkchen, um aus Großmutters Fenster zu sehen. Ich warte, bis die Kirchturmuhr schlägt.

GROSSMUTTER hat mir einen Helm aus Zeitungspapier gefaltet. Ich habe ein Gewehr aus einem Besenstiel und marschiere um den Tisch herum, immer rund, immer rund. Ich singe: "Sie ging dahin mit Weinen, zu Straßburg wohl über die Steine - ." "Großmutter, wo ist Straßburg? Großmutter, warum weint sie? Großmutter, was ist ein Kommandant? Warum will er ihren Liebsten ersten erschießen?" "Komm, wir singen lieber: Wem Gott will rechte Gunst erweisen."

VATER hat ein Geschenk für mich. Ein Blaues Buch, "Königin Luise". Ihre Brust ist ganz nackt. Sicher hat sie sich erkältet, als sie mit der Postkutsche bis nach Ostpreußen fuhr.

NOCH ein Blaues Buch. "Das Haus in der Sonne." Daß Vater so etwas gefällt. Die Kinder auf den Bildern sind nicht richtig angezogen, ihre Sachen liegen auf dem Fußboden, sie ziehen einen Flunsch, sie sind nicht gekämmt.

MUTTER sucht ein Buch für mich, weil ich krank bin. Sie hat es bekommen, als sie noch ein Kind war. "Heidis Lehr- und Wanderjahre". Ich verstehe es nicht. Was ist ein Alm-Öhi? Warum heißt der Geißenpeter Geißenpeter? Was ist das für ein Feuer, in das man Käse hinein halten kann?

NEIN, ich mag die biblischen Geschichten nicht

allein lesen. Wenn mir niemand sagt, was ich denken soll, denke ich nämlich immer was Falsches.

WENN ich alles lernen soll, was in der Bibel steht, dann werde ich ja so schlau wie die Pharisäer. Dann kann ich nicht mehr in der Ecke stehen und sagen, ich armer Sünder.

NUR die fünf Jungfrauen, die das Öl mitgenommen hatten, kommen in den Himmel. Aber die anderen waren doch gar nicht böse, sie haben nur nicht daran gedacht. Ich merke auch immer erst hinterher, an was ich hätte denken sollen.

ICH halte die Zügel ganz fest. Doch der Braune fängt an zu traben und wirft den Kopf hoch, daß die Mähne fliegt. Was mach ich nur? Neben mir auf dem Kutschbock ist Vater eingeschlafen.

VATER setzt mich auf seine Schultern. Es ist sehr wackelig. Mir ist schwindlig. Der feste Boden liegt tief, tief unten. Ich kralle mich in seine Haare.

FISCHERS Gottfried hat meinen Schlumpel-Michel über die Hecke geschmissen. Jeden Tag gehe ich an der Hecke entlang. Mutter hat gar nicht gemerkt, daß Michel fehlt.